U0800946

十三点集萃

游海涛 著

海峡出版发行集团
THE STRAITS PUBLISHING & DISTRIBUTING GROUP
海峡文艺出版社

图书在版编目(CIP)数据

十三点集萃/游海涛著. —福州:海峡文艺出版社,2018.6
ISBN 978-7-5550-1480-5

Ⅰ.①十… Ⅱ.①游… Ⅲ.①诗集—中国—当代 Ⅳ.①I227

中国版本图书馆 CIP 数据核字(2018)第 068753 号

十三点集萃

游海涛 著

责任编辑	任心宇		
出版发行	海峡出版发行集团 海峡文艺出版社		
经　　销	福建新华发行(集团)有限责任公司		
社　　址	福州市东水路 76 号 14 层	**邮编**	350001
发 行 部	0591—87536797		
印　　刷	福州统济印务有限公司	**邮编**	350011
厂　　址	福州市晋安区新店镇汤斜村工业小区		
开　　本	787 毫米×1092 毫米　1/16		
字　　数	340 千字		
印　　张	30.5	**插页**	8
版　　次	2018 年 6 月第 1 版		
印　　次	2018 年 6 月第 1 次印刷		
书　　号	ISBN 978-7-5550-1480-5		
定　　价	60.00 元		

如发现印装质量问题,请寄承印厂调换

十三字令　琴韵

祝女儿游歌大学生活快乐开心。

琴，黑白键弹格律清，歌唱海风云。

韵，五线飞扬乐谱新，榕舞根多情。

2016 年 8 月 2 日清晨

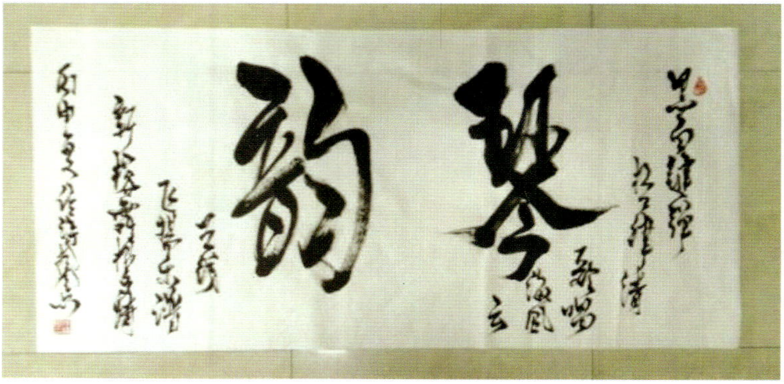

十三字令　精气神

精，峰芸牡丹五福芳，蓬勃生机撼。

气，山涧牡丹六顺畅，风云万里香。

神，月光牡丹七巧娘，日夜伴君长。

2017 年 7 月 3 日凌晨

二十四节气

2017年12月3日，受邀参加在深圳举办的全国候鸟大会，创作二十四节气牡丹诗书画。

立春

一点春意红，万物竞相逢；
嫩芽破土发，燕归老家中。

雨水

塞北天水油，江南春雨稠；
滋润万丛叶，鸟在窠中拥。

惊蛰

春雷一声响，呼醒桑中蚕；
农耕天下田，喜鹊村头唱。

春分

昼夜时分半，春光日照暖；
大地竞峥嵘，飞鸟花中香。

清明

清风送白云，明亮丹田心；
怀古先人祭，鸦叫田头青。

谷雨

农田谷繁忙，桑蚕作茧缠；
雨随春意落，青鸟枝上扬。

立夏

花开朵儿香，片片醉心房；
蜂采蜜中甜，鸟儿风中展。

小满

蔬果桃李芳，收获几多香；
村庄炊烟起，雀儿蹦跶欢。

芒种

麦芒谷锋利，种得万担食；
塘水鱼儿肥，众鸟水边栖。

夏至

耕耘田间忙，收获夏季粮；
日晒金黄谷，鸽雀遍地欢。

小暑

热天衣衫短，荷莲藕丝长；
甜瓜热中熟，鸟食瓜心瓤。

大暑

酷热瓜棚藏，蒲扇送风凉；
萤火夜中飘，夜莺暗中亮。

立秋

知了枝头唱，枫叶红云染；
云浮天际高，雁在长空翔。

处暑

三伏惊秋蝉，酷热秋收忙；
向日葵结实，鹰飞太空凉。

白露

趁热冬麦种，夜寒温酒盅；
风从屋顶过，燕归大雁峰。

秋分

丹桂满园香，稻果收获忙；
平分秋色月，白鹤云天翔。

寒露

枯草遍地荒，落叶根边黄；
明月清风远，鸿雁飞江南。

霜降

芦花红蓼滩，霜白云岭茫；
寻觅村落处，鹰在空谷翔。

立冬

家酿醉酒坛，三瑞喜气扬；
怀中庆丰年，八哥逢人唱。

小雪

白絮飞岭上，柔软晶莹亮；
林中寻坚果，山鸡巢穴暖。

大雪

高山白雪茫，红梅枝上燃；
山庄炊烟起，寒鸦啼声长。

冬至

今夜最漫长，漆黑山庄藏；
糍粑甜酒醉，猫头鹰上岗。

小寒

游子梦思乡，高枕醉黄粱；
户外冷风月，荒野鸟饥寒。

大寒

瑞雪漫天扬，年关合家欢；
宴上珍馐盛，欢雀一掬粮。

三 字 经

2017年9月16日至11月21日完成《三字经》书画创作。

人之初

春萌一颗种，

绿叶盼丹红。

百　家　姓

2017年11月23日至2018年2月完成504幅诗书画创作。北宋《百家姓》共收集姓氏504个，其中单姓444个，复姓60个。

赵

始祖造父出嬴姓，
宋朝天子临。

钱

以官为氏始祖孚，
陆终为远祖。

孙

姬芈妫子外五源，
孙子兵法精。

李

尧帝理官族人姓，
盛唐天子李。

序　一

赵林如

2017年来福州参加“第三届海峡文化与经济发展论坛”期间，游海涛同志邀我为其新书定书名并作序，我很为其不断进步不断创作而高兴，遂欣然命笔。

我认识游海涛很多年了。20世纪90年代中央组织部实践各种培养干部的方式，安排了数批国家机关厅局长到地方任职。1997年我有幸作为其中一员，从国务院发展中心企业部副部长岗位上调任福建省经贸委副主任。到任不久就认识了游海涛同志。

当时，我兼任福建省省外大学校友会联合会会长（北大、清华、人大、南开等30个校友会）。福建省省外大学校友会联合会是福建省的一个创新，是重视人才、重视整合省外优势资源的一个重要平台。游海涛同志是南开大学福建校友会副秘书长，积极活跃。1999年底，联合会决定编撰“福建博士风采”丛书，时任福建省委副书记习近平同志担任“福建博士风采”丛书顾问委员会主任，我有幸担任编委会主任，游海涛同志在福建省委《福建通讯》编辑部工作，任编委会执行编委兼编辑部主任。据统计，2000年，各地在福建工作生活及福建籍在海内外的博士约有2000人，这些博士为省内外、国内外社会经济文化发展做出了突出奉献，发挥了积极的作用，成为激励众多青年积极努力、奋发作为的榜样。记得当时争取到5万元经费的支持，编撰出版发行了《福建博士风采》《跟博士握手》，获得社会广泛的好评。游海涛同志负责联系约稿、编辑、出版等具体事情，做了大量艰苦细致的工作，付出了很多时间和精力。2000年，由福建省信息产业厅、福建省教育厅、福建省科协、福建省电子信息集团联合举办“福建省首届青少年网页设计大赛”，游海涛同志担任秘书长，我作为分管领导、顾问参加了这项活动。游海涛同志一直和我保持联系，我也应邀多次参加他们南开大学校友会举办的活动。

我在福建工作了14年之久，2010年调回国务院国资委工作。此后多年未见，但游海涛同志充满活力与激情的印象一直长存。自2015年6月15日始，游海涛等同志积极组织和筹办了三届“海峡文化与经济发展论坛”，除2016年时间安排不开未到会外，我专程来福州参加了2015年6月举办的第一届论坛和2017年6月举办的第三届论坛。参加论坛的有福建省内老干部、老同志，全国各高校的教授，专家、学者，还有企业家等。我感到论坛越办越好，积聚了满满的正能量，积聚了干部群众对党、对国家、对人民深深的爱，积聚了各路英才，为福建省、为国家改革开放出谋划策。而且，筹备这样一场活动，不仅需要不少同志花费时间精力，还需要不少费用，他们多方筹集，辛苦办会之后并无结余，但他们乐此不疲，足以显见君子之襟怀。

在2017年论坛会场中，我还看到会场上挂有游嘉瑞先生书法作品、方庆云先生书法作品、郑祖斌先生的梅花画作品，此外还有100余幅牡丹诗画，据说都是游海涛同志所画，他的牡丹诗画被台商在东莞的厂家制作成文创窗帘、壁画产品，还将参加在德国举办的展销会，在欧美各国巡展。我很为游海涛同志高兴，他才学画牡丹7个月，竟然如此长进，成绩斐然，令人欣慰。他将自己创作的十三字令揉进所画的百余幅牡丹，有一些嵌入被赠者姓名，由此可以感受到他的浓浓情谊。游海涛热爱生活、热爱人生，感恩社会、感恩朋友，他爱写诗，好多诗中都蕴含着他对人生的感悟和哲理，如他的《生活》："……天生我，苦亦乐，步行健，寻天问海。浪击流沙，痛快生活。"我建议他选其诗中精华集为一册，并为他取了书名《十三点集萃》。"十三点"，是他的喜爱，融入他的姓名、身份；"集萃"，是他的诗歌精华专集。衷心地祝愿他，永远是一朵激情的浪花，聚浪成波，聚波成涛，人生永远充满光和热。

2017年7月于北京

赵林如，中国人民大学博士，曾任中国国际贸易促进委员会福建省委员会党组书记、会长，国务院国资委监事会局长。

序　二

游嘉瑞

我认识游海涛同志是在1998年春，是新华社福建分社的一位同志带他来家中找我，介绍说他是他们分社的综艺部主任，为了筹备“八闽金秋枫似火”大型文艺晚会，特请我为晚会题词，我欣然应允。游海涛君是一位活泼开朗、充满激情的后生，他的知识面广，善于人际交流，我们通过交谈，很快就从福州市冯宅村的游氏源流中确认了叔侄辈分的关系。为了开展游酢文化的研究活动，我们常见面，当我负责福建省姓氏源流研究会、游酢文化研究会工作后，特邀请他担任福建省游氏研究会暨游酢研究会的副秘书长。

时间如梭，岁月蹉跎。我与海涛侄相识不觉一晃就有20多年了。前几天，海涛侄送来他写的《十三点集萃》书稿请我作序，我即刻欣然答应了他的请求。我已经为他的3部专著作序了。记得在2012年1月，我为海涛侄的《十三点时刻》作序，2015年又为他的《十三点时光》作序，2016年再为他的《十三点时分》作序，而今又为海涛侄的《十三点集萃》作序。这部新书荟萃了他的诗歌的精华，汇聚了他的诗魂，体现了人生的意义。

海涛侄从小出生在一个普通的贫民家庭，与他的同龄人一样，13岁就因“文革”辍学，16岁插队，而后上调到工厂，再成家、上学等。他能在平凡中追求不平凡，在坎坷中追求不坎坷。只有坎坷的道路才能磨砺人的意志。孟子说过，“管夷吾举于士，孙叔敖举于海，百里奚举于市”，“必先苦其心志，劳其筋骨，饿其体肤，空乏其身，行拂乱其所为，所以动心忍性，曾益其所不能。”海涛贤侄跟我说，他每天凌晨三四点起床，晚上近12点睡觉，午睡一个小时，一天睡眠5小时就够了，他的每一天都很充实，天天开心，天天快活。

海涛侄，难得勤奋执着之人才也。他的作品有《十三点时刻》(文章、诗词、歌赋等18万字)、《十三点时光》(400多首诗词、歌赋,10万字的电视剧本)。还有《十三点时分》,包括《十三点游诗》(100首)、《十三点海诗》(1100首)、《十三点涛诗(1)》(100首)、《十三点涛诗(2)》(600首)、《十三点传诗(1)》(500首)、《十三点传诗(2)》(600首)，荟萃了他创作的诗赋、文章、书画作品。贤侄对我说，他要写一万首诗。我对他说，人生如能留下一两首传世，足矣。他笑道，如今世界，多少人弹指一挥间，几多古今名作，呼之既出，无所谓也。他写书法，自得其乐，谓之游体；他画牡丹，自然悟道，亦日趋美感，为众所爱。

我细品其诗。《生活》“天生我，苦亦乐，步行健，寻天问海。浪击流沙，痛快生活”，阐述了人生理念。《十三字令　星》三首：“星，潜入天庭千百万，难敌明月光。”“星，飘逸广宇光年量，未知银河长。”“星，划过天穹一道亮，太白启东方。”气势磅礴。还有如《榕树花》《美人树》等，皆是可看、可读、可品之佳作。就像他在诗中所写的，“她是天上划过的一颗流星，有着一条很长的光莹……她就是谷粒，是生命的收获”。我由衷地祝愿他，生命多收获，收获更多的谷粒。

2017 年 7 月

游嘉瑞，曾任福建省委统战部常务副部长、福建省诗词学会常务副会长、福建省姓氏源流研究会会长等职，现任福建省历史名人研究会游酢研究分会会长、海峡书画研究院院长、福建省书法家协会副主席、立雪书院院长等职。

序　三

李金华

游海涛校友的《十三点集萃》就要编辑出版了，他请我作序，我非常乐意地应允了。海涛学弟是一位非常勤奋努力的人，是一位高产诗人。他的《十三点集萃》是从他的8部作品中挑选出的诗歌精品。为什么他的书要取名“十三点”呢？他告诉我，游海涛的姓名中有13个点，寓意百岁人生方六十，太阳在正午一点时分，充满光和热。更有意思的是，他的身份证尾数是13，好多故事都与13有关联。如退休之际，被拥有13家企业的光源集团聘请为集团总经理，集团大楼13层等。

海涛的诗词来源于生活，与身边发生的人与事息息相关。近7个月以来，他又开始画牡丹诗画，获得了社会各界的认可与好评。他画了101幅牡丹诗画，在2017年春福州旗山万佛寺举办的万盆牡丹花展期间义卖，他为“6·15”第三届海峡文化与经济发展论坛捐赠101幅牡丹诗画，他的17幅牡丹诗画被台商在东莞的纺织厂制作成中华文创窗帘、壁画产品，将参加德国的展销会，并在欧美各国巡展。他的牡丹诗画越来越生动活泼，越来越有灵性，他的画技每天都在渐长……

2017年6月15日在福州举办第三届海峡文化与经济发展论坛，他担任筹委会秘书长。数月来他为论坛筹备付出难以想象的努力与艰辛，单单为创作101幅牡丹诗画就不知花了多少时间、精力与汗水。他常常跟人说，自己不是书法家、不是画家，可人们都喜欢他的诗画作品。他具有一位诗人的高尚情怀。他的《诗无价》写道：“千金买字世风俗，亿万易画粉墨涂。江山万里诗无价，李白杜甫无穷途。”敢言敢写，点破世风的俗气。我衷心地祝愿海涛校友能实现他的人生追求，写万首诗、作千幅画，祝他的游诗、游体和牡丹诗画系列作品，能充分描绘出他的精彩人生。

2017年7月

李金华，南开大学福建校友会名誉会长，曾任福建省委对外宣传办公室（省人民政府新闻办公室）主任、福建中医药大学党委书记以及南开大学福建校友会首任会长等职。

目　　录

十三点题记

她是天上划过的一颗流星，
有着一条很长的光莹；
她是那坚硬的海礁，
留下数千年的风波浪情。

不，
我只愿——用心点燃一朵烛花，
探索人生，
留下点点滴滴。

十三点时刻，
让泪珠升华，
有云的飘逸、雾的迷茫、雪的潇洒。

十三点时光，
让伤痕净化，
有风的抚慰、雷的嘱咐、雨的冲刷。

十三点时分，
她是精盐，不仅只有苦涩，
更多的是——百味人生；
她就是谷粒，
是生命的收获。

企　盼

您是一座巨大的磁场，
蕴含着无比的能量。
我们都站在南北的焦点，
您在南极，我在北极。
谁都知道，磁场的共性；
N、S的碰撞，
准会造成2012年大地的恐慌。
如果挣脱重重的羁绊，
那将是地震中——
怒吼的海啸，狂喷的火山；
会掀起万丈的浓烟，冲天的巨浪，
一定会倒海翻江！
那将使茫茫沧海，地久天荒。
我好不容易来到您这里，
漫漫的长夜，
孕育着生命的希望。
千万次的翘首企盼，
当阳光洒满银色的海滩、雪地、冰川，
我们欢呼快乐！
阳光总是让我们——
拥有各自的一半。

2012年2月19日

桂花舞林

这里，
天天都是——百花的季节，
这里，
日日都有——飘扬的乐曲；
蝶恋花舞春到冬至，
蜂绕桂香爱比蜜甜。
在这里八十载花开不败，
在这里耄耋翁激情奔放。
这里，
天天盛开——四海的奇葩，
这里，
日日舒展——五洲的玉树；
蝶恋花舞流连往返，
蜂绕桂香魂飞梦乡。
在这里情到深处难忘却，
在这里心到极点血喷流。
忆往昔，我们都曾年轻，
今日仍然绽放
温馨、和谐、健康、快乐之花。

2012 年 2 月 22 日，福州温泉公园

阳光水珠

给我一点阳光，
我就灿烂；
给我一滴水珠，
我就泛滥。
我就是小草，
我可以遍布海角天涯。
我就是江河、湖泊、大海，
我可以把激情奔放，
将品质升华。
我就是高山，
在最接近阳光的地方，
让水珠更加冷酷坚强。
我就是大地，
可以让四季花开，
万物生长。
啊，阳光，水珠，
有了你们，
我才有这生命机体的强壮，
因为，阳光、水珠，
我生命的主力军，
永远灿烂辉煌！

2012 年 3 月 4 日

东　渡

宽阔的海峡，居住着您和我；
您在东边，我在西岸；
浪花朵朵，激情奔放；
春季的海风，
带着股股温情，
潮湿了我的心。

宽阔的海峡，牵挂着您和我；
您在宝岛，我在故乡；
海浪滔天，妈祖护航；
六月的海风，
怀着丝丝恋情，
温暖了我的心。

宽阔的海峡，会聚着您和我；
您在高雄，我在厦门；
海天一色，万里晴空；
炎黄的子孙，
饱含浓浓亲情，
沸腾了我们的心。

在第四届海峡论坛上的献礼诗
游海涛词、游歌曲
2012 年 6 月 17 日

日 月 潭

我爱您——日月潭，
碧波荡漾，怀抱青山；
文武庙——孔子关羽，
中华民族的文圣武圣，
万世流芳。
这里供奉有先儒游酢，
我们后裔学习的榜样。

我爱您——日月潭，
高山民族，仙风异俗；
乾坤情——群星拥月，
繁衍子孙的法外仙山，
四海名传。
这里记载有神农仙踪，
我们中华民族的奇芳。

我爱您——日月潭，
日月同辉，秀水灵山；
漂浮岛——绿树奇葩，
宝岛台湾的世外桃源，
天下名扬。
这里满载有名人遗迹，
我们中华历史的篇章。

2012 年 6 月 21 日，台湾

阿 里 山

阿里山的神木，
巨大、高耸、挺拔，
云雾缭绕，
冷气寒光；
遍山的残根，
控诉着灾难的往事，
中华要奋起、图强；
我们是新生的一代，
棵棵茁壮，云柳参天；
护卫着您，
阿里山的神木。
阿里山的姐妹潭，
碧绿、清澈、美奂，
山花烂漫，
林木苍翠；
遍地的嫩绿，
倾诉着爱情的永恒，
民族要和谐、同心；
我们是幸福的一代，
颗颗雄心，壮志云天；
怀抱着您，
阿里山的姐妹潭。

2012 年 6 月 22 日，台湾

骊山的故事

您是千古的秦始皇，风流于天地之间；
您藏身在银海星空，
爱与恨的帝王陵，让全天下的探索者惊叹；
过往的君王，花开花落，
骊山的云记载，
王朝的更替兴亡。

您是伟大的女皇，风流在骊山之间；
您舒展在华清庭院，
酸与甜的石榴，让全天下的追随者拜倒；
腊月的严寒，牡丹花开，
霸气的武则天，
永恒的女皇神化。

您是伟大的女神，
屹立于骊山脚下；
您裸露在华清池上，
将爱与美的温泉，向全天下的仰慕者挥洒；
帝王的贵妃，闭月羞花，
美丽的玉环，
编织永恒的爱情神话。

2012 年 7 月 13 日，西安

华 山 撼

我将梦托给您，
让心在悬崖峭壁的空中飘荡；
渺小的身躯飞向云间，落到北峰之上；
剑石从深渊刺向云天，
酷峰在雾中迷茫；
敬畏您，
西岳华山。
我将魂托给您，
让魄在刀削斧凿的石阶攀爬；
渺小的身躯踏向天际，站到五峰之巅；
人生从低谷走向巅峰，
风光在瞬间变幻；
热爱您，
西岳华山。
我将命托给您，
让神给劈山救母的沉香坚强；
渺小的身躯奔走坎坷，心向圣母之爱；
光芒从谷底射向苍天，
宝莲灯在瞬间辉煌；
崇敬您，
西岳华山。

游海涛词、游歌曲

2012 年 7 月 14 日

发表于《福建文学》2012 年第 10 期

龙门石窟

我仰慕佛的世界，
伊水从香山和龙门山穿过；
万佛洞的阿弥陀佛，
在莲花盘上端坐；
握柳提瓶的观音，洞口迎宾，美丽无我；
指节佛与卢舍那佛共存，
大小皆佛。
我追溯石窟的历史，
伊阙从北魏起和佛有缘；
孝文帝的拓跋大佛，
在古阳洞中矗立；
隋帝杨广的龙门，邙山远眺，气势磅礴；
武则天与卢舍那佛共容，
武媚是佛。
我祈祷佛的慧缘，
远祖在伊洛的佛窟住过；
万佛洞的芸芸众生，
洞口内外，你中有我；
心中佛与卢舍那佛共处，
众生皆佛。
佛在心中……

2012年7月15日

发表于《福建文学》2012年第10期

林中飞舞

黎明时光，织女编织朝霞，徐哥演奏乐章，
林中飞舞起快乐的人生；花草摇曳，鸟雀奔跳；
满林的桂花，醉倒春秋一路人。
清晨时光，织女编织温馨，徐哥演奏情殇，
林中飞舞起快乐的人生；花草摇曳，鸟雀奔跳；
满林的花香，醉看春秋天下人。

2012 年 9 月 12 日

怀念母亲

2012 年农历七月初三晚，我在福州温泉公园的喷泉旁看见一位酷像我母亲的人在跳舞，那天是母亲的祭日，母亲 12 年前去世。我仿佛遇到母亲，特别震撼，求得合影一张，甚是欣慰。

一个轮回，生死离别；天路茫茫，星汉遥遥；
我在今夜看见您，我敬爱的母亲；
您青春焕发，舞姿翩翩。
十二属相，龙女相传；温泉朵朵，仙乐袅袅；
我在今夜看见您，我敬爱的母亲；
您容光焕发，笑声朗朗。
一个瞬间，仙人同乐；瑶池满满，芳香阵阵；
我在今夜看见您，我敬爱的母亲；
您姊妹共容，亲情万般！
人生都是宇宙过客，何日相会在天堂……

2012 年 9 月 23 日

躺在金矿上的氏族

铜康村，游酢后裔，这里拓荒，
满山林木苍翠，遍地稻谷花香，
世代农耕，造纸作坊，富不出大山。

才溪乡，第一模范，古田会议，
率九军十八师，洒热血战沙场，
世代革命，英名远扬，将不计辉煌。

上杭县，紫金金矿，铜康山村，
满山黄金宝藏，遍生富豪亿万，
世代勤奋，造福一方，享不尽荣光。

2012 年 9 月 23 日

摩天崖峡谷

悬，崖壁险，登天难；
谷，溪水清，绿树长；
摩天铭人志，心诚天人感；
像长叶榧树石壁扎根，
如小草将种子撒遍山顶石崖。
虫鸣溪唱，
生命的交响曲，
在谷底回荡。

蛟龙滩峡谷

这水不深，可生就蛟龙；
这山不高，可气势磅礴；
十里迷津，水引路，
山回水转，江上村。

天成榜岩壁

这崖壁，是如此光滑、垂直；
玉帝啊，您封神无字。
奋进吧，踏着登天阶，
山高路陡，需要的是毅力和决心。
绿色啊，是生命的存在；
让希望攀着岩壁，
往上，往上，
让人生在峰顶上闪光！

溪　中　石

海礁，是您的兄弟，您在海上头；
富屯溪的浪，同样疯狂；
这不平、坎坷，显示着坚韧、顽强。
无路不靠岸，有水通大洋；
奔流不息，希望在前方。

富屯溪畔

富屯溪水啊，
您是那么清纯、透彻，
您是一面明镜，
微泛着涟漪，
映照古今的文明。
现代化的紫云宾馆与古朴淳风的沧浪阁，
水天相映。
古樟啊，
您是那么苍劲、挺拔；
数百载的风风雨雨，
数十年的沧桑巨变，
您一一见证，如今您更加健伟风华。
铁城的人民啊，
这富屯溪畔的风景是多么优美，
我们的天地如诗如画；
勤奋拼搏吧，
为更美好的未来，
去创建那五彩缤纷的人间天堂。

沧浪阁

沧浪阁建念严羽，挥斥时弊傲朝风；
古樟只占天一边，满园绿色意正浓。

越 王 台

六嘘高啸天外天，
越王台前；
千年风流隔溪望，
时过境迁；
光阴似箭人长久，
气象万千。

金 湖 赤 壁

赤壁大战，
诸葛亮威名扬；
近两千年风流，
留下七八处景观。
赤壁兄弟大论战，
谁是古战场？
历史在流血，战火曾弥漫；
看金湖赤壁，丹霞落处；
岩红、水绿、山青、崖悬、壁陡、湖宽。
排开的是游船，载着的是嘉宾；
干戈已过去，玉帛今胜昔。

金湖陆上一线天

这天只一线，
这缝快合拢；
看众人是推、是顶、是攀、是爬，
地缝中过来的人啊！
希望在前方，
欢笑入眼帘。
它告诉我们——龙的传人，
勇往直前，
能见山外天。

金湖情侣峰

我们生长在金湖畔，
一位娇小、一位伟岸。
是情侣为何不紧紧依偎？
是恋人只相会在夜晚。
七千万年的爱情，
是金湖把秘密掩藏；
我们——龙的传人，
世世代代永相爱。

紫金金矿

我站在麒麟峰顶，拥抱中国第一金矿，
俯瞰天下江山；
紫金，紫金，
您竟如此壮美，劈山寻金，
梯田喷淋，绿坡矿渣，创世界第一，
矿尾水库，去污澄清；
青山绿水，鸟语花香。
汀江蜿蜒而过，武平就在对江，
那是我珍藏在梦中的秀美故乡。

2013年1月20日

金湖甘露寺

红花绿叶鼎佛门，单柱无瓦依山兴；
天似弯穹地四方，绿树芳草遍崖岩。

宋人邹郎诗立碑，怎见今朝金湖水？
钟鼓山间佛祖在，瀑流化为甘露泉。

金湖公子峰

湖畔两山您居中，仙逸潇洒笑长空；
莫道君子可连体，恰似合抱情侣峰。

金湖猫儿山

金湖的猫您不馋，一湖的鱼您护养；
这方天地您居高，虎师欲跃仙境闯。

金湖美景鱼米香，鼠辈无名闻风丧；
扫尽人间丑与恶，浩然正气猫儿山。

金湖索桥

铁索腾空越，相连两山间；
金牛载牧童，银鱼出水天。

古人蹚水过，今朝半山悬；
竹排漂李白，汽艇乘八仙。

金湖十里铺

十里平湖山水天，金溪在此变湖仙；
自然生态水族旺，一坝焕新金湖篇。

金湖钟鼓山

钟山风云鼓山情，金湖水绿甘露辛；
佛经飘逸出山谷，庙在左钟右鼓间。

十二属相

鼠　敏锐乐观多才艺，先见之明应晓理；
　　待友忘我感情真，自信莫过无追悔。
牛　勤勉踏实忠和善，大器晚成不烂漫；
　　心地诚实性谦让，集思广益莫独断。
虎　威严自信富冒险，遇事大度性顽固；
　　付诸行动迅猛快，看破沉浮莫无度。
兔　高贵典雅思敏锐，处世无争总慎微；
　　浪漫温柔均甚佳，气度宽宏前景美。
龙　气宇轩昂高智慧，冒险开拓求完美；
　　爱得真诚讨人喜，功成名就耐心随。
蛇　天资聪颖应变强，心态温和蜷曲探；
　　爱情名利唾手得，才华用在正道上。
马　自由奔放独立闯，爱憎分明意志强；
　　情爱多在成就后，幸运莫骄逆莫慌。
羊　处世中刚富创意，多愁善感把势依；
　　爱情深秋花更红，顺应进取逆莫急。
猴　机智伶俐心口快，交际浮云应守律；
　　爱情戏作真专一，高瞻方可谦识己。
鸡　循规蹈矩神采奕，自律不采他人意；
　　立斩情丝眼光高，富有思余傲可忌。
狗　忠诚厚道才智全，遇事冷静效命他；
　　喜恶分明悟性早，自我克制勤学好。
猪　刚毅乐观性纯真，利落行事人缘佳；
　　感情丰富少外露，风云人物憨莫发。

沧 浪 阁

严羽垂钓话千秋，熙春傍水兴琼楼；
傲骨雄才诗句在，古樟苍翠尽风流。

天成岩寺

五虎朝狮壮空前，狮口安寺法无边；
雾锁松涛桃源洞，云腾林海上九天。

古城逢春

寒蝉栖榕度三冬，巢蚁迁槐仍虫容；
借得一夜春风暖，桃红李白居其中。

野 趣

雾迷竹影幽径探，山蒙树深卧龙藏；
珠落遍地凤凰舞，花醉情倾鸟语乡。

湖漾舟轻细雨茫，瀑落崖悬天鹅山；
曲起平川狮虎乐，相约北岭榕树王。

村　　落

汤边泥路村落旁，农夫赤脚地里忙；
种得瓜菜早市卖，换取一家衣食粮。
五载瑶池落金汤，村民高住彩云端；
五洲奇葩集温泉，笙歌街舞乐万般。

春　　游

满园翠绿花盛开，童鸽共舞，人鱼尽欢。
满眼金碧琼宇台，秀色同享，五谷丰餐。
满怀激情春长在，鹤发高歌，和谐安康。

立雪书院颂

立雪世家苦笋栽，步云樟溪状元台；
寿石微雕山河壮，碑林四海皆英才。
五龙人瑞百砚斋，千石万卷一尺来；
耕读龙峰牧童曲，嘉瑞浩然千秋载。

注：百砚斋（五龙人瑞砚）、千石印室、万卷书室、尺一楼、耕读亭、苦笋颂碑、状元台，皆为龙峰上的立雪书院周围的景点。为《青云山人文报》试刊小作。

晋安河畔共伞

携妻戈梅香在情人节的雨夜散步于晋安河畔。两岸扶栏修葺一新，花锦草绿，林木葱茏。雨夜漫游，如梦如仙，真祈望再活30年。“但愿人长久，千里共婵娟”。

蒙蒙夜雨鸟已宿，静静河边花正眠。
依依散步堤岸旁，丝丝情缘永相连。

欣欣花锦草儿绿，葱葱榕树根万千。
恍恍梦入桃花境，翩翩醉卧在婵娟。

星　梦　追

美在江中水，奔流为了谁；
日月轮回转，千里盼春归。

文武难相会，快餐为了谁；
魂游杭川麓，星夜托梦追。

2013年2月3日

春　梦

春来了，在今晨，
春风得意何日还？梅花依旧香；
冬去了，年将至，
瑞雪飞舞何日有？和风绣狮山。
我爱歌唱，更爱歌弹，
钢琴一曲春之梦；
梦中的你，更美、更甜、更欢……

2013年2月4日

别离汀江

别了汀江，紫金上杭；
梦中黄粱再现，地老天荒。
别了寒冬，三折杭川；
窥见春潮欲动，斗移星转。
回归吧，我的故乡；
游子思春，我爱闽江；
生命在这里，活得更灿烂。

2013年2月7日

爱在天边

我总想倾诉，发自内心的感慨；
我总想聆听，来自远方的心声；
您忘了开门的钥匙，我忘了晚餐的钟点；
在同一时刻，不同的空间，
我们还是在一起，度过难忘的瞬间。
人生就是那么短暂，尽管还有一百年；
三万多天的光阴，我真想爱您一万年。

2013年2月16日

怒　放

您是沉寂的火山，蕴藏无比的能量；
打开地热的天窗，怒放是生命的渴盼。
自由的天体，生命的轨迹，巨大的磁场；
碰撞，碰撞，绚丽的火花，
才能使人生更加灿烂辉煌！
您可以静静地体会，
爱情的温暖，花儿的灿烂。

2013年2月18日

旗山在何方

星夜池龙游荡，望南江，
树影婆娑，飞花绿光；
入瑶琳，你我同行，醉卧汀江；
月光留恋流水，思闽江，
温泉跳跃，抱月羞花；
登台湾，你我同船，寻梦旗山。

2013年2月18日

梦　幻

你在梦乡，可听到我的呼唤？
窗外的世界，一片黑暗；
人间的灯火在远方；
远方，远方，能否留给我半张床？
我在耕耘，可看到我的心田？
屋里的花草，一片明亮，
心中的思恋在远方；
远方，远方，我看见黎明的曙光。

2013年2月20日

拥抱幸福

昨日，
我的人生轨迹，
穿越地球的山水；
今天，
我的人生道路，
探索地热的温泉；
我热爱活着的每一天，
拥抱太阳，
拥抱明月，
永远幸福、快乐、开心。

2013 年 2 月 23 日

思　月

闭月羞花夜，嫦娥又换脸；
吴刚伐桂树，后羿已千年。

莫言凡间事，星海落九天；
浪击万年礁，珍珠蚌中仙。

2013 年 3 月 4 日

漫步汀江

今晨，我漫步汀江南岸，木栈道旁，
竹林青黄，晨鸟吟唱；
我丈量横卧木板，寸寸时光，
东去西返，难觅花芳；
我窥见一位钓鱼翁，凝视江中一线希望，
祈盼、祈盼，在水一方。

2013年4月18日

琴扬

萍水相逢，漂泊人生，千金远渡重洋。
山海相连，激情岁月，玉儿雕琢蛮荒。
香飘四海，万里扬帆，歌女琴扬河山。

2013年6月21日

三清庐

春已去，芳如故，修枝河滨处；
冬霜降，草如土，修行河姆渡；
夏日炎，香如初，修道三清庐。

2013年7月25日

仓　山

一股清风带来林海松涛，
一阵鼓乐带来梵音缥缈，
一路风光带来异域情调，
一缕晚霞带来满江灯楼。
一盏好茶带来墨客风骚，
一壶美酒带来四海英豪，
一串往事带来岁月美好，
一个梦想带来风华年少。
我躺在母亲的怀抱，
感受母爱的滋润，
我拥有无穷的力量。
我爱您，仓山——母亲的山。

2013 年 8 月 1 日，歌词

寻　觅

我爱五指山，中峰岩前长；
我爱闽江水，怀抱仓前旁；

流过凤岗里，寻觅荔枝乡；
驾舟到湾边，天地海洋宽。

2013 年 8 月 4 日

追　求

我追求太阳，从东方到西方；
我追求月亮，从傍晚到天光；
日复一日，时刻一样长。

我追求希望，从幼小到年长；
我追求梦想，从生存到发展；
年复一年，时光不复返。
人生无限好，来去太匆忙。

2013年8月4日

九天揽月

一月弯钩，七夕难圆；
繁星满天，鹊桥飞越；
织女牛郎，岁月如梭；
瑶池歌舞，天庭广阔。
飞越，飞越，昨夜九天揽月！

2013年8月10日

南开恩师

幸运，我有了您，秋天的花朵；
幸运，我有了您，南开的恩师；
为了三代人，您付出亲情母爱；
为了下一代，您付出心血关爱；
在爱的世界，您努力奉献，
用智慧与爱心，营造快乐南开园；
在爱的世界，您执着奉献，
用淡定与从容，撑起生死两重天！
我真幸运，在我的世界里，
有了生命的标杆，得到您的关爱……

2013 年 8 月 28 日

立雪书院

樟溪水涨浪黄，磐石鼎立状元郎；
立雪书院升迁，步云龙峰耕读忙。
望巫洋，金犁金耙田一方，
梦狮山，仙踪秘籍卧龙藏。
青山万年，嘉瑞之乡；
微雕山河，碑林八方；
寿石田黄金不换！

2013 年 9 月 1 日

少年同窗

秋日温泉，鸟儿林中飞舞；
榕树绿荫，散落幼小蘑菇；

火根美俊，少年同窗久远；
沧海桑田，皓首乌鸦红颜。

2013年9月3日

孝心

一曲《仓山》，
我收到女儿珍贵的礼物；
悠扬的琴声，美妙的旋律，
飘洒着女儿的智慧，
凝聚着女儿的心血……
一条短信，
我收到儿子珍贵的祝福；
夜半的电话，亲情的问候，
感受到儿子的勤奋，
体会到儿子的孝心……

2013年9月5日

福州童学馆

福州童学新馆，孔子儒学师传；
学童汉服冠帽，拜师礼乐颂扬；
人从众书法美，诗文歌舞艺展；
情满三坊七巷，文风古韵飘香；
惠钗吴馆长，幼教倾私囊；
文史卢学究，美松点睛亮；
海峡儒学兴，涛声助波澜；
政教贤达士，三代聚满场；
童学，同学，中华文化弘扬！

2013 年 9 月 10 日

秋　叹

秋风，带来一片浮云，
温泉，汇聚青春豪情。
谈古论今，多少故人西去；
历经坎坷，几多老友远行；
青胜于蓝，众多子孙辉煌；
秋菊花黄，更多草木凋零。

2013 年 9 月 14 日

散　心

十三的月，近乎圆满；
福地的湖，西子相伴；
栈桥的路，曲折幽长；
湖心的岛，榕荫清爽……
谁，没有坎坷与磨难，谁，能有知己与月光；
湖面上的风，吹走心灵的尘埃；
夜空中的月，穿透朵朵的云彩；
我仿佛听到天籁之音，
又好像是李白的长恨歌，随风飘来……

2013 年 9 月 18 日

秋　恋

秋意正浓，那阵阵的凉爽，
令姑娘心旷神怡；
寒露将至，那阵阵的凉意，
让杜郎百感交集；
香山的枫叶，红遍山野；
南开的梧桐，开始落叶；
西湖的晚霞，映红西宾；
我仿佛看见，昨夜星光下，
栈桥旁，依偎着热恋的情侣……

2013 年 10 月 1 日

环 西 湖

闽都西湖，李纲桂斋晚住？
步云桥畔，游客湖天竞渡；
古堞斜阳，香涛梅开二度。

2013 年 10 月 2 日

逍 遥

秋日，天高气爽；
桂林，鸟舞花香；
海湾，鸥燕飞翔。
乘夜温泉沐足，追月瑶池歌舞，
太白杜工高照，银河星汉逍遥。

2013 年 10 月 6 日

故 游

驾驭紫云，触摸暗礁；
振臂沧浪，投身激流。
时光在瞬间流逝，生命在永恒绽放。
李纲，严羽，宋代英豪，
越王台前旌旗舞，古樟风流笑今朝。

2013 年 10 月 10 日

班　聚

相拥年少梦中有，相亲春光百花娇；
再亲花黄贵妃醉，交杯太白婵娟羞。
满堂老叟妪，相聚乐今朝；
天上两月圆，人间草木秋。

2013 年 10 月 11 日

电闪雷鸣

您是闪电，就一刹那；
您是雷鸣，就一瞬间。
宇宙过客，来去匆匆；
烟消云散，天地震惊。

2013 年 10 月 15 日

新　生

一颗新星升起，
遨游太空，无忧无虑；
一个命运启程，
超越人间，无怨无悔；
那是永恒的世界，拥有无限的空间。

2013 年 10 月 16 日

追　逐

我们追逐太阳，
金秋鲜花绽放；
我们追逐月亮，
黄昏绿叶影长；
桂树藏香，温泉抚足；
榕荫怀旧，喷泉歌舞；
人生追求何处？
功名利禄，过眼云烟；
虚无缥缈，春秋一度。
人生追求什么？
生命的一束光。

2013 年 10 月 18 日

榕根恋土

深秋枯黄，心如落叶，一片苍凉；
翠榕须长，空悬一线，随风摇晃；
黄花怀春，榕根恋土，分外惆怅。

2013 年 10 月 23 日

铁 城 雾

堕入迷雾，漫天梅花飞舞。
飘浮云海，拜谒李纲丞傅。
攀登熙春，六虚高啸迷路。
仙遇太白，释怀银匙飞渡。
感恩岳公，解密凡尘归途。

2013 年 11 月 5 日

西 子 游

秋菊盛开，千姿百态；
珍稀物种，熊猫懈怠；

西子游湖，船漂南北；
桥亭渔村，蛙鱼时代。

月桂参天，吴刚难采；
嫦娥解囊，玉兔奔来。

2013 年 11 月 7 日

蝶　蛹

七日立冬，飞蝶成虫；
温泉暖阳，围石足汤。
海阔天空，早晚霞伴；
候鸟南飞，思恋海湾。

2013 年 11 月 8 日

藕　恋

荷花笑春风，莲盘多心眼；
藕枝出淤泥，荷叶露珠恋。
荷花有佛缘，莲子苦心田；
藕丝连根长，荷包糯香甜。

2013 年 11 月 24 日

春　福

相聚紫云凯旋，今朝回归闽江；
二百一十铭发，夕阳飘洒晋安。
回首银蛇三十，光源辉金两万；
骑马扬鞭迎春，海峡欢歌唱响。

2014 年 2 月 1 日

雨 中 情

春雨满江点涟圈，绿榕红苞探水天；
晋安倚栏望红楼，踱步栅桥雨缠绵。

2014 年 2 月 5 日

贺汤黎虹教授六十寿诞

怡然春秋沐金汤，山峦巍峨照东黎；
福寿相拥辉彩虹，大家风范花魁君。

2014 年 4 月 14 日

怀 念 母 亲

母爱，是温泉，流淌在心中；
母爱，是鲜花，绽放在大地；
母爱，是阳光，照亮在人间。
我的母亲，在浩瀚的天国，
可知否？
今天是您的节日。
祝您幸福、快乐、开心。
祝全天下的母亲，节日快乐！

2014 年 5 月 11 日

中 国 梦

追求幸福，我们的期盼；
实现幸福，我们的梦想；
黄河长江，激情奔流入东海，曾母暗沙在南疆；

追梦、追梦，心中的中国梦，
幸福属于你，幸福属于我，
幸福属于——伟大的中华。

追求幸福，我们的期盼；
实现幸福，我们的梦想；
珠穆朗玛，高瞻远瞩看世界，漠河极光是北疆；

追梦、追梦，心中的中国梦，
幸福属于你，幸福属于我，
幸福属于——伟大的中华。

追求幸福，我们的期盼；
实现幸福，我们的梦想；
嫦娥奔月，千年梦飞第一站，银河浩瀚寄希望；

追梦、追梦，心中的中国梦，
幸福属于你，幸福属于我，
幸福属于——伟大的中华。

游海涛词、游歌曲
2014 年 6 月 18 日

程门立雪之歌

你们踏着飞雪而来，
求学路——漫漫长；
程门立雪，
尊师重教的表率；
游酢和杨时，
千秋赞颂，
鼻祖教诲记心怀。

你们冒着风尘而来，
仕途路——漫漫长；
奉公守法，
清廉正直的表率；
游酢和杨时，
千秋赞颂，
勤政为民史册载。

你们带着使命而来，
中华路——漫漫长；
程朱理学，
真善美德的表率；
游酢和杨时，
千秋赞颂，
共建理学功德在。

游海涛词、游歌曲
2014 年 7 月 11 日

大漠中秋

浓浓的雾，窗外飘，日在山坳。
阳台上，数朵红梅，绽放枝头。
昨夜嫦娥瑶池醉，风情大漠睡。
莫惊扰，最是更深时，酣未了。
十二轮，共圆缺。碧空里，几多星。
雾正浓，抹去沧海伤痕，
挥手遥望在西东。
南榕北漠怨白头。
茫茫然，寻婵娟云裳，过中秋。

2014 年 9 月 9 日

黄声如大师

海涛浪起礁石，欲求印记；
声如铿锵点金，施福方圆。
古有仙翁，点石成金；今有黄君，镌石赠印。
落魄书生，感恩仙家，同道于勤。
声如海涛，话语连篇；天南地北，追根溯源。
黄族中原，虎丘兄弟；商姬子游，程门立雪；
黄母游氏，血脉亲缘。
幸哉、快哉，
书法人生，相识佛缘。

2014 年 9 月 11 日

于 山 石 刻

国强何惧倭寇犯，雪耻冲绳何日还；
于山石刻将军魂，平远台前烟云幻。

2014 年 10 月 4 日

温家宝校友回南开演讲

南开两总理，风云世纪新；
报国任重远，难忘母校情。
求学路坎坷，恩师指迷津；
政坛担重任，盛世任点评。

2014 年 10 月 14 日

全国书香之家颁奖仪式有感

立雪嘉瑞年，书香中华天；
永泰秘书省，巫洋耕读田。
苦笋传世篇，寿石微雕妍；
步云樟溪台，海峡连亲缘。

2014 年 10 月 14 日

迪口游氏始祖

在久远的大唐，公元八七九年，
迪口始祖珏仲公，您降临人间；
肩担殿前御史中丞重任，
开创千年来迪口游氏的传承。

在漫长的年代，王朝风云变幻，
游氏子孙敬祖德，您香火延绵；
复龙、丛桂、梯云、忠和、昼锦，
祭祀千年来迪口游氏的传承。

在盛世的今天，游氏宗祠重建，
七层大厦聚群英，您功德空前；
嘉瑞题匾锡堃源远流长，
纪念千年来迪口游氏的传承。

大唐中丞公诞辰1135周年，2014年11月19日

程门立雪论千年

雾锁樟溪龙峰顶，冬暖永泰群儒芸；
立雪程门尊师教，游酢杨时千年寻。
冰封中原求学路，雪盖五岳珠峰群；
功高练得日月累，德行中华万世勋。

2014年11月22日

我爱南开

南开大学福建省校友会2014年会在榕召开，侯自新老校长专程从天津赶来参会。赋诗一首，以抒情怀。

我爱南开，马蹄湖畔的晨曦，启迪我们的心灵；
允公允能，日新月异。
校长张伯苓，南开人爱戴；
老师的嘱咐，为人要博爱。
无论你走到哪里，无论过去多久远；
南开，博大的胸怀，把我们每个学子关爱；
海峡儿女热爱您，我们的南开。
我爱南开，主楼广场的阳光，照耀我们的奋进；
允公允能，日新月异。
校长历九人，南开人爱戴；
老师的教诲，学子要成才。
无论你走到哪里，无论过去多久远；
南开，博大的胸怀，把我们每个学子关爱；
海峡儿女热爱您，我们的南开。
我爱南开，天南街旁的灯光，照明我们的探索；
允公允能，日新月异。
老校长侯自新，南开人爱戴；
校长的嘱咐，校友要互爱。
老校长您南开飞来，带来龚克校长的问候；
南开，博大的胸怀，把我们每个学子关爱；
海峡儿女热爱您，我们的南开。

2014年12月21日，收入《南开通讯》

诗 无 价

千金买字世风俗，亿万易画粉墨涂；
江山万里诗无价，李白杜甫无穷途。

2014 年 12 月 28 日

霸 王 鸟

品评宋展生老师写生花鸟画意。

君临花上头，傲然累细腰；
红荷枝叶繁，鱼儿浅水游。

五 彩 云

云游五彩狮岩峰，汉帝公主驸马松；
笑佛能装天下事，观音可酿客家红。

礁 石

顽石生就天成岩，落入江流到海天；
浪迹天涯伤痕累，扬帆万里星光点。

情　人　节

郁金香花醉，观音何时睡；
独在瑶池台，星海巡游累。
莫睡，莫睡，真情约花魁。

2015 年 2 月 14 日

除　　夕

飞马奔腾除夕夜，万里扬帆又一程；
海上风云起，湾边龙虾鲜，
醉了，醉了，
停泊在今宵，快活到羊春。

2015 年 2 月 18 日

第　一　山

五岳难得第一山，春光绚丽于山冠；
闽江入海腾蛟龙，福运涌泉万年长。

2015 年 2 月 21 日，正月初三

漫　　游

倚龙东海，观音千金送子；
鸳鸯漂洋，悟空大海捞针；

潮汐浪涌，日出祥云红彤。
彤红，彤红，漫天红。

2015 年 2 月 24 日

幽　兰　咏

君子有道德莫贫，兰花无欲芳自清；
幽谷赏花人潮涌，于山蜜蜂知君心。

2015 年 2 月 24 日

花　　海

水仙花香浓，郁金香中红；
紫玉兰花高，玉荷立水中。

真羡满林松，相厮百花丛；
喷泉腾飞日，奔流下龙宫。

2015 年 2 月 27 日

源脉温情

我轻轻地躺在源的怀抱，
一股股的热流从周身涌出；
我静静地感受脉的起搏，
朵朵的泉花在水面跳跃。
尘世的污垢全然抛去，
圣洁的肌体返璞归真。
啊！我亲爱的源脉，
在这里我得到了全身心的净化，
更让那意念与品质骤然升华。
我软软地躺在水的怀抱，
缕缕的思念从脑海涌现；
我默默地仰望夜的星空，
颗颗的巨星在眼前闪烁。
苏轼的“龙口汤泉自吐吞”，
李纲的“不妨更入荔枝乡”。
啊！我亲爱的源脉，
在这里我见到了千古的风流，
更让那诗情与画意油然而生。
我频频地变换泉的怀抱，
欣欣的感觉在不断呈现；
我默默地评判汤的品质，
阵阵的欢欣从内心涌起。
明皇的骊山贵妃池安在？
闽王的八角井温情长存。
啊！我亲爱的源脉，

在这里我受到了贵宾的礼遇，
更让那众生与仙境咫尺天涯。

2012 年 2 月 27 日
发表于《海峡经济》2012 年第 1 期

春　雪

下雪了，
不知道是雨成了雪，
还是雪爱上了春。
雪与春牵了手，
雪的晶莹，春的柔情。
雪与春同行，会更幸福快乐，
因为春会用她的温度融化雪的心灵，
雪会更爱上春。
尽管雪漫天飞舞，
却又很快被春的温暖而感化。
或许，这一切都是天意……
就像人生，
有飞来的爱，
也有春雪的情……

2015 年 2 月 27 日

《网络世界》主题歌

从一到无穷，数字连苍穹；
网住满天的星斗，光速越时空。
从一到无穷，信息全球通；
牵着人类的灵魂，携手傲长空。
啦啦啦，啦啦啦，从一到无穷，网络万千重，
编织五彩的世界，青春火样红。
编织五彩的世界，青春火样红。

手　机

如果有来生，我还做你的红颜，
还做你的知己，还做你的爱人，
那样的话，你会每天把我藏在你的世界，
把我贴在你的脸上，把我放在你的唇边，
我知道你的一切，了解你的所有。
如果有一天，
你匆忙间把我忘在哪里了，
你会着急地四处寻找，
不是我黏着你，
而是你离不开我。
你若欺负我，
你就什么都看不见听不到！

2015年2月28日

百岁玉林

百岁玉林，赵公贤圣；
书法诗话大家，风雨传奇人生。

沧海巨变，中华兴盛；
尔曾县衙坐堂，亦在佛前点灯。

大任磨砺，笔墨勤耕；
童颜鹤发蹬车，飘然榕须满城。

百年玉林，仙骨神韵；
是官是民、是僧是神？是贤圣！

2015年3月1日

千年诗情

春雨轻抚桃花芯，湖畔风冷天无晴；
西子王孙擦肩过，何处寻觅栖凤亭？

百岁玉林书家展，千年文风八闽兴；
拱桥飞越天壤别，荷叶藕生芊芊情。

2015年3月1日

花　如　海

花如海，爱如桥；风雨同行路，桃花正妖娆。
花如梦，心如潮；日月同辉时，山花分外俏。

2015年3月9日，正月十九

梦　中　花

鸦雀笑云端，丛林野花香；
何处觅风情？高处飞凤凰。

日出福清湾，晚归巨石山；
海阔凭鱼跃，夜梦浴金汤。

2015年3月10日

甜蜜生活

东奔西忙，采撷百花芬芳；
花在风中笑，甜美到家乡。

歌舞欢唱，会聚英雄若干；
风在花中飞，甜蜜入梦乡。

2015年3月11日

雨　花

落地开花，无限情怀，雨燕飞来。
东海蓬莱，奇葩异彩，漫游沧海。
情怀，情怀，雨花满心怀。

2015 年 3 月 12 日

美 人 树

寒冬美人树花开，低头笑对三角梅；
自傲长空浑身刺，玉宇琼花最风采。
阳春三月百花开，仰首惊叹美人材；
君挂天际数颗球，千娇百媚乐开怀。

2015 年 3 月 13 日

日 中 月

吴刚闽江磨砺，嫦娥大浪淘沙；
时光交错，晨月桂林白花。
太白西洪赴会，金星古镇庄家；
凤友席篾，午时和平精华。
老君洪泽一游，芳菲南美远嫁；
八百行程，夜投晋安河霸。

2015 年 3 月 15 日

神　游

君子之交淡如水，神仙之交高于天；
千年等一回，桂花吴刚醉，嫦娥何日归？
小人之交浓于血，鬼狐之交深入魂；
时光一瞬间，太白梦中甜，神游到天边。

2015 年 3 月 20 日

铁城春色

熙春烂漫，晨雾迷茫；
携手严羽李纲，密林山路登攀；
半山亭老翁笛长，六虚楼仙家独唱；
越王台前百官，唯一昂首上苍；
石人石人，合影流芳。
县前衙堂，午宴迷汤；
相聚祥年高鹏，成长之路蛮荒；
上海滩萌发异乡，林中王伟坐机关；
马家双英医花，游历跃飞歌长。
童伴童伴，话语流长。
南关德庄，夜色迷光；
赴约吕布貂蝉，青春一路秋黄；
老白干衡水酒醉，苏州河漂游闽江；
窗前世外花香，文娟情纯意长；
同窗同窗，灯火斑斓。

2015 年 3 月 21 日

家父善奇九十寿诞宴

人生难得九十春，父亲大寿宴亲朋；
堂前耄耋兄妹多，儿女晚辈喜盈门。
蟠桃盛会八方神，寿面爱上悟空孙；
太上老君仙丹妙，佳肴美味百年程。

2015 年 3 月 22 日，二月初三

朝舞晨风

朝舞晨风，相聚百乐门；
漫步紫云，相伴游熙春；
午后飞奔，相随五花芬。
夜半潜入闽都，梦寻湾边潮儿，
何日与君同行？

2015 年 3 月 25 日

雨　花

萧兄好大家，雨中赏百花；
王母会天神，仙翁门前夸。
海朵浪淘沙，雾里见云塔；
牛郎渡银河，织女绣天花。
雨花雨花，雨在花前下。

2015 年 3 月 27 日

在水一方

梦游台湾，日月潭飞浪，阿里山花香。
漂游海湾，马尾港停泊，金水湖荡漾。

夜游龙湾，韩王墓温泉，源脉人共欢。
天色迷茫，在水一方。

2015年3月28日

路茫茫

湖心茫然，漂流何方？
落花流水随缘情，一路奔波各自忙。
花香依然，水流到江；
随波逐流难为情，一路欢歌总是春。

商女惆怅，魄落故乡；
霜花雪月寒冬情，一路浪漫下西洋。
何处流芳？魂飞天堂。

2015年3月29日

论大家

昨天与汤黎虹教授、达奇先生相聚，为达奇大哥的传奇人生、超凡思维及人格魅力所拜伏，为黎虹贤弟之宏图大志及法学、社会学学科建树而惊叹。吾有幸与两大高人共谋中华文化《海外情》之梦，诚惶诚恐，定当竭力而为之。

达奇人生，大步大可为天涯；
商汤黎虹，易水黎明彩虹霞；
周游海涛，拍天海涛浪淘沙。
难忘集友银行聚，共饮咖啡华都茶；
网络电影海外情，杂志奇谈大中华。
三月三十福君聚，相交笑谈论大家。

2015 年 3 月 31 日

清明前夜

月沉星海一夜游，舅爷仙姑老莲逑；
驼铃叮咚八百里，紫云仙家河上舟。

日出清明陌上头，老君太白神女游；
传洛瑞兰五重孙，福州仙山望千秋。

2015 年 4 月 5 日

清 明 祭

爷爷福州山，奶奶终相伴；
福州沦陷日，举家逃战乱。
爷爷病逝早，小叔记忆难；
奶奶名闺秀，诗话针绣长。
小脚百岁人生路，大步千秋岁月赞。
猛回首，小叔高八二，海朵亦花黄。
莫慌莫慌，天赐蕨菜品万般。
慈母西郊岗，人间十五霜；
苏州沦陷日，随姨到仓山。
姨弃外甥女，犹记童年欢；
兄妹七八个，外公教书匠。
勤俭持家坎坷路，爱子疼夫知者赞。
惊梦醒，慈母天高远，老父九十长。

2015 年 4 月 6 日

春 花 黄

春花绽放丽华霜，发家致富响铃铛；
缪品天下清明果，何家姐夫换新装？
少时兄妹春花黄，虔诚祈祷为哪桩？
愿得来日鹏程远，飞黄腾达上金山。

2015 年 4 月 8 日

朝　　歌

窗外春鸟笑，甜美到天晓；
夜来杨花开，薛家贵子骄。

晋安桥连桥，双杨情歌俏；
赢得两月圆，琴歌神韵娇。

2015 年 4 月 11 日

黎　　明

浩宇飞，欲见织女醉。
遥看银河纲常规，不是王母罪？
背负天庭人间会，男耕女织欢乐阕。
爱情碑，多贤惠，奈何天公不作美。
我乘春风大地回，遍地花开人间美。

2015 年 4 月 12 日

紫　　丹

雪峰花红满山芳，思念佛缘开牡丹；
花容月貌春光度，画得紫阳笑东南。

2015 年 4 月 13 日

疗 指 伤

十指连心，指伤不轻；
经久难愈，愁肠痛心。
秀屿国庆，医院精英；
云南配药，无价空运。
我望长空孔雀飞，千年闽游一家亲。
屈指问心，沧海难渡海涛情。

2015 年 4 月 14 日

勤 学

凌晨有感。女儿省质检成绩班级第二，前有榜样，后有追兵，无畏心轻，求学在勤。

人生大学精英，音乐艺考难评；
何谓中音上音，无缘难得真金。

人生大学要勤，体艺文考易新；
面对师大福大，有缘笑弹风轻。

2015 年 4 月 15 日

长空彩虹

峰起，拱突的地脉；
千万年时光，喜玛愚公来。
潮起，推动的浪花；
千万里月光，明月嫦娥在。
云起，飘浮的大气；
千万丈霞光，黎虹长空彩。

2015 年 4 月 16 日

海峡涛心

收到南开大学寄来的《校友通讯》，看见 2014 年 12 月 21 日福建校友年会上我朗诵的诗被登载，万分高兴；并祈望“2015 海峡文化与社会发展论坛”6 月 15 日在福州举办时，龚克校长能参加。有感。

我爱南开一生情，诗如海峡浪涛心；
六月十五高峰潮，龚克校长佳论新。

2015 年 4 月 22 日

星　海　游

飞虹赴美论千秋，彪炳辉煌照九州；
海峡风云浪潮起，六月圆满星海游。

2015 年 4 月 23 日

泉　花

昨晚，中学学妹相邀，福州晋安河畔实达温泉寓所聚会，剑、芬、燕、安哥与我，快乐开心。谓：温泉花卉，校友相会；温泉实达，良宵难醉。有感。

李白握剑舞贵妃，玉乔挥袖云纷飞；
安得庭前晓燕唱，建安龙游涛声蜚。

2015年4月24日

铭　记

“2015海峡文化与发展论坛”邀请福建省特级教师协会参与联办。会长热心，海涛有感。

特级教师麾下聚，八闽学子少年育；
福建精英遍四海，大展功名盛世续。

海峡文坛论雕玉，社会发展师生叙；
怡山福大博学厅，名师联大朝阳趣。

2015年4月25日

阳台红花开

今天是爱妻戈梅香生日。联想阳台三角梅，自2001年搬来河滨花园时栽下，而今，满盆盘根，依旧盛开；乖女游歌，面临高考，刻苦努力。有感。

阳台红花开，绽放三角梅；
盘根满盆住，风餐雨露载。

岁月春光来，香飘入云海；
戈壁旭日升，欢歌赞红梅。

2015年4月27日

热爱人生

我总祈盼时光能够倒流，
毅然选择了追梦，哪怕是电闪雷轰。
我总祈盼今后还会有漫天风花雪月，
毅然举步向狮岩峰，
留给人间的是足迹从容。
我总祈盼生命像大海爱上天空，
只要热爱人生，
一切，都在梦想之中！

2015年4月28日，怀念汪国真先生

黑　暗

寂静，没有一点声响；
黑暗，周围漆黑一片；
我在哪里？如此寂寞，如此苍凉。
飘浮，魂在空中游荡；
失落，魄在异地他乡；
我在何方？如此茫然，如此惆怅。
时光，未见往日花草；
岁月，难寻旧时芬芳；
花开花落，泪洒汀江。

2015 年 4 月 29 日

五　一　节

今与黎虹弟中美越洋微信，谈 6·15 有感。

您抱着月亮，我拥有太阳，
我们在东西两端，为 6·15 活动商谈。
美国旧金山，国际会议演讲，最牛密斯特汤。
我戴着星星，您挥舞彩虹，
我们在大洋两岸，为 6·15 活动酝酿。
福大怡山堂，海峡诗歌演唱，最美时光。
我们握手五一，共祝劳动者的辉煌。

2015 年 5 月 2 日

贺游嘉瑞部长八十大寿

樟溪云峰顶，嘉瑞八十春；
立雪凌云志，传承有王孙。

四海名人聚，苦笋颂今辰；
书院千秋赞，夫子万年春。

2015 年 5 月 2 日

宫 巷 刘 府

与舒敏老师去宫巷刘府谈 6·15 活动一事，刘府内有民乐展览，有感。

经年漫长，探几多岁月尘光；
宫巷刘府，藏些许民乐遗荒；

天籁无声，随若干心动的感叹。
我茫然，身处何方？

舒袖舞深宫，何处君侯满庭芳？
后羿弓长，太白无光。

2015 年 5 月 9 日

海文音乐会

昨晚海文音乐会举办，有感。

金色的少年，在艺术摇篮中成长，今夜群星璀璨。
美妙的琴声，在黑白格上跳跃，在大小弦上拉弹。
铿锵的鼓声，在上下面中击打，在内外空间爆炸。
欢快的歌声，在孩子心中流出，在父母面前潇洒。
各种器乐协奏，各种歌舞伴唱，满天新星在福光。
海文音乐会，今宵难忘。
这里有我，有你，也有她……

2015 年 5 月 10 日

母　亲　山

吾母在天长空想，玉帝设宴王母娘；
人间今日母亲节，举杯相邀银河长。

满天星斗照故乡，身在福中梦见娘；
挥拳太极五禽戏，岁月难忘母亲山。

2015 年 5 月 11 日

凌晨时光

夜到凌晨天最暗，
心到极点胸中藏；
待到日出天下白，
海峡风云千层浪。
快亮快亮，
黎明彩虹美，海峡涛声壮。

2015 年 5 月 12 日

赞平生

吾与福州温泉公园雕刻馆林学善大师相识，赠新作《十三点时光》《十三点游诗》，还试问大师，能否以我作的新诗《第一山》为内容创作一件雕刻作品，参加 2015 海峡文化与社会论坛，学善兄欣然应允，回道：容细琢磨。甚喜，今晨有感。

林中飞刀刻征程，学到佛境达摩真；
善将孤才塑灵气，师生十五大鲲鹏。

游遍五岳于山神，海峡腾飞蛟龙升；
涛声浪拍亿万礁，诚结善缘赞平生。

2015 年 5 月 17 日

诗 玉 赏

福海观音第一山，步云胜境游山川；
夫子堂前玉颜赤，案头摩崖神笔端。
六月十五海论坛，群儒豪杰才志展；
特邀怡山观日出，赢得玉石史诗赞。

2015 年 5 月 19 日

福 大 牡 丹

百花相拥牡丹王，千娇百媚开于山；
曾经长安报春早，福大今朝花更香。
黄山来友神笔长，万里梦游到闽江；
相约诗情画中意，海峡花开庆平安。

2015 年 5 月 24 日

魂 落 九 天

金鸡山旁天水岩，夜半浦下虾蟹鲜；
海上飞舟观音渡，何日梦游到湾边？
朝辞丽荷北站前，车退山门故人先；
同窗泪别黄泉路，落雨流花浪海天。

2015 年 5 月 24 日晨

爱 何 方

春蚕吐丝自忙，咬破束缚飞翔；
无奈天高路远，求爱生子传帮。

蜘蛛结网开张，坐食飞来美餐；
无须走南闯北，为爱献身壮观。

海浪花开水上，涛起风急远航；
无惧海阔天空，大爱礁石沙滩。

2015 年 6 月 3 日凌晨

星 落 长 江

昨晚大雨雷电，夜深难眠。电视报道，长江之星游轮翻船已 57 小时，李克强总理到场，事发原因是龙卷风……晨起有感。

风雨透夜凉，雷电震天响；
东方之星坠长江，四百游客大流亡。
生命瞬间短，总理悼灵长；
龙卷风起是孳障，数千勇士救水难。
天地多少灾难测，人生几多祸难当；
惊魂魄，泪长江……

2015 年 6 月 4 日晨

朝歌飞天

凌晨早起，张网梦蝶，
奔忙难顾桑田，吐丝飞雪。
魂飞两处，魄到仙界，
春花水海善宴，秋华时鲜。
子夜醉归，河滨休闲，
朝歌一曲飞天，月到中圆。

2015 年 6 月 6 日子夜

歌欢唱

今日爱女游歌参加高考，祝她高考顺利，尽力就好！

醒了醒了，
窗外数声鸟鸣，快要天亮。
起床起床，
屋内摸索黑暗，时分莫忘。
黎明彩虹起，欢歌今日唱；
直指朝天门，任飞翔。

2015 年 6 月 7 日凌晨

拥抱希望

与玉芬、玉荷到福大彩排有感。

当时光与轨迹同步，我历尽艰辛，
你拥有辉煌，她曾经苍凉。
当时光与命运握手，我吐丝自缠，
你编织梦乡，她驾驭前方。
当时光与太阳拥抱，我感受亲切，
你感恩温暖，她感到希望。

2015 年 6 月 10 日晨

端午诗魂

屈平离骚，汨罗江，
正则奔流，叹九章；
倾情洞庭，湘夫人，
屈原投江，楚天茫。
龙舟竞渡，漂粽沉香；
诗如江流，九歌天长。
苍茫苍茫，江山万里诗魂传。

2015 年 6 月 20 日，端午节

一中花魁聚

昨夜铁城一中九校友在福州西洪和平古镇小店欢聚，有感。

九天揽月铁城追，福大智星一中魁；
延斌玉燕兰君德，海天欢聚古镇辉。

人生回眸时光归，少小步履总相随；
金鸡高啸富屯水，一路浪花东海汇。

2015 年 6 月 24 日晨

歌　何　方

东渡之歌厦门港，沉香拜师华山撼；
福大日出牡丹红，集美华侨唱鼓山。

程门立雪歌四方，国税为民创辉煌；
日出怡山中国梦，琴歌神韵海天长。

2015 年 6 月 27 日凌晨 3 点

天游品鹅仙

天游峰顶品鹅仙，西瓜太凉冰雪添；
阁立天游重修日，梅歌灵狐下凡间。

2015 年 7 月 11 日上午，于武夷山天游峰顶

梦回大红袍

随缘后羿，老树是仙，花开三百年；
追月嫦娥，盘根情深，花落五十泉。

云河两岸去，蛤蟆乌龟满山间；
大王脚下，未见玉女露脸。

随梦武夷，游酢是缘，茶香飘千年；
追星天游，书生情深，高中红袍前。

银河星海旋，神女天马飞林间；
大王峰前，夜光水云寮天。

2015年7月11日晨

日　夜　游

日上天游峰，水云寮拜谒酢公；
饱览武夷山，拾得朱熹笑狐风。
午后登高山，紫云溪寻游羽翁；
神往天成岩，乐道李纲戏衙虫。
夜聚严羽欢，群星会聚碎金龙，
梦回天际间，醉吻圣人唇边红。

2015年7月13日晨

水　云　寮

昨天上午游武夷山水云寮，是游酢在此建的书院，谈到屏峰灵狐与朱熹相爱之传说……

游酢传教水云寮，武夷云窝狐悟道；
千年理学茶洞清，朱熹大爱九曲漂。

情旅探问水云寮，张冠李戴导游调；
游酢原为朱熹师，屏狐游朱百年聊。

2015 年 7 月 13 日晨

熙春朝阳

登邵武熙春山，有感。

知了，知了，少年难寻真谛，五十梦牵魂绕。
世间几多杂事，熙春朝阳登高。
李纲广场官袍，严羽江边垂钓。

罢了，罢了，无奈城南美食，醉倒羽仙阿娇。
后羿三丰功道，故里无处难淘。
今晨拾阶上游，紫云浪击海涛。

2015 年 7 月 16 日晨

惠应祠

惠民德政堂，锁门候朝官；
应天石鸡立，蝉鸣林中荒。
朗朗乾坤联两行，行止无愧天地，
褒贬自有春秋。
栅栏窗外，树密天眼留。

2015年7月16日上午

荷　缘

西瓜八分甜，雄蜂花中闲；
浦下蛏对虾，海峡风浪掀。
夜深荷淡恬，楼中画荷仙；
西子湖无月，喷泉水连天。

2015年7月19日

金玉兰缘

今天与金玉兰教授微信，作诗以答，领命而作。请多赐教。

海峡黎虹福日升，金玉兰花北大神；
牡丹诗画怡山汇，天南地北有缘人。
诗如海涛波浪声，话似金玉兰花珍；
福运涌泉鼓山笑，何日再会弄潮人。

2015年7月20日

海坛古城

海坛古城今辉煌，明清楼宇城壮观；
飞来府衙今朝立，歌舞狂欢品万般。

琼楼豪华亮天窗，树大花红争风光；
中华名街纵横里，天下美食万国商。

海市蜃楼破天荒，天上一日古城长；
游遍九州辉万丈，再造武夷下闽南。

游海涛词，游歌曲
2015 年 7 月 26 日

蓝眼睛

夜在海边睡，我随月光追；
风云飘月星，众人沙滩徊；

眼泪蓝眼泪，涛声阵阵催；
你在沙中窥，我在海边醉；

晶莹发亮点，歌笑香如梅；
精灵蓝眼睛，月光美人泪。

游海涛词、游歌曲
2015 年 7 月 26 日凌晨于平潭

东海仙境

与妻女到平潭东海仙境游玩，感受海域蓝天之浩瀚，悬崖海谷之惊险……

风在呼啸，海在震撼；万丈悬崖，绝壁飞浪。
海谷深渊心胆战，褐石耸天刺骨寒。

魂惊魄散，梦断龙王；东海仙境，天高尘凡。
极目远眺海空宽，立足人生日月长。
仙境非凡，人间沧桑。

2015 年 7 月 27 日凌晨

古城今日

海上漫游，浪花何求？有感。

李斯千金易字，胜境百万填词；
辉照海空无垠，浪花一文不值。

难得虚名闲职，无价诗歌不识；
涛在海上漫游，风在空中流逝。
海坛古城，古从今始。

2015 年 7 月 31 日晨

夜　空

风到海边揽月，泉飞天际追星；
婵娟驾鹤星空舞，凤凰涅槃瞬间兴。
何处寻丽娘？天宫医圣百花精。
天路漫长，魂归河滨。

2015 年 8 月 1 日

浪 无 情

月夜风云浪无情，一江流水到天明；
两岸榕荫留不住，奔腾入海气象新。

2015 年 8 月 2 日

峰　巅

记一位德行高尚的人，有感。

索取私欲无边，付出亲情无怨；
不图回报，你我有缘。
贪得天水无源，乐道海量无限；
不求偿还，你我同泉。
足下万丈悬，步高登云天；
大气山里来，日出在峰巅。

2015 年 8 月 3 日凌晨

台风苏迪罗

树在风中狂舞，花在雨下泣哭；
风狂雨暴浪高，落花残枝漂浮。
遍地天水倾注，满江浊浪雨雾；
鸟在林中哆嗦，心悬海天高处。
晋安晋安，闽都祈福。

2015 年 8 月 8 日，立秋

疯狂苏迪罗

通路水茫茫，车辆泊中船；
夜都多处暗，风啸雨更狂。
镇海楼屏山，苏迪罗脱缰；
闽都水中城，福在水立方。

2015 年 8 月 8 日晚 8 点半

苏迪罗走了

八八昼夜风雨狂，觉得无声天已亮；
倒海翻江苏迪罗，水淹闽都漫三山。
五四大道水路宽，两栖汽车浪花船；
天桥露出三角梅，落水流芳笑得欢。

2015 年 8 月 9 日晨

嘉瑞年华

涛歌诗话如海流，瑞年嘉评夫子游；
书香人家巫洋境，立雪千年八十秋。
春木山花牧童游，海峡风光百姓爱；
寿石微雕登崖顶，苦笋颂字磐石留。

2015 年 8 月 11 日

秋木瓜

昨昼夜阵雨过后，晨起秋意渐凉，心中些许忧伤，望眼前木瓜树果，触景生情。

雨后秋凉，青青木瓜抱团，呆瓜独黄。
同生树上，长长枝干叶繁，君腹何囊？
淡香飘散，啾啾晨鸟鸣唱，瓜熟分享。

2015 年 8 月 15 日晨

瓜熟蒂落

黄黄木瓜独生，青瓜团盛。
片片叶尖枝连，呆瓜不见。
轻轻瓜落尘缘，人鸟食甜。

2015 年 8 月 15 日上午

铁城一中群

沧浪飞舟紫云天，
熙春山，一中缘。
校花班草，富屯溪畔美少年，
回首春夏山水间。
李纲相，严羽仙，
院士省厅处常见。
铁城在，八闽源，
相识童颜，金秋福相连。
燕垒班群乡土衔，
朝夕笑，霜满天。

2015 年 8 月 15 日

四 季 风 云

晨起思念武平狮岩峰，有感。

蓬壶通天狮岩峰，仙姑妈祖居其中；
遍山菩萨天师在，儒释道仙天子宫。

蛟湖荷花玉莲蓬，岩前蜡梅笑寒冬；
四季风云山前过，人间难觅童子功。

2015 年 8 月 17 日晨

浪　花　采

桂林两根豆芽白，王府月宫嫦娥栽；
后羿千年携汉祖，海连天边太空来。
白雪洁净巨人寨，金秋盛开三角梅；
天使英姿瑶池舞，涛歌日夜浪花采。

2015 年 8 月 19 日

月　难　圆

七夕银河会夫妻，一夜情人急。
牛郎携子，织女送衣，鹊桥路迷。
星繁月钩，年复一夕，月圆难齐。
凡尘夫妻，常守朝夕；
夜空情侣，斗转星移。
灯火跳跃恋桥。
牛郎织女相好，古今佳人良宵。

2015 年 8 月 20 日，七月初七

秀 屿 游 子

英师奔驰黑龙江，秀屿名流少年郎；
医得天下慵夫病，海天涛声礁石滩。

2015 年 8 月 22 日

天水浪花

落花流水时分缘，天下浪花水上喧；
花要无风浪，浪在湖中眠。

湖畔嫩草间，金秋花开遍；
菩萨岩前住，花浴天水艳。

2015 年 8 月 23 日

疆　鞭

倭寇侵华灾难年，腥风血雨中华天；
国破大有英雄在，联手击败弹丸煎。

胜算七十利天边，北京阅兵盛空前；
耀武扬威壮国胆，何惧强敌犯疆鞭。

2015 年 8 月 23 日

如玉笑

云蒙天日风叶摇，木瓜树影彩裳飘；
呆坐案床睡方醒，书中黄金如玉笑。

2015 年 8 月 28 日午后，中元节

镇 海 楼

漆黑深夜，何处寻密踪?
误入林中，
千年银鼠寺院松，菩萨九天云游。
白马扬鞭，红楼映月，
湾边桥亭翁。
天水飞瀑，金鸡报晓黎虹。
银河几渡苍穹，鹊飞桥鸿。
仙凡难相配，牛郎送子玉帝孙，
留在人间耕种。
琼花玉叶，美轮美奂，
屏山镇海楼。
龙泉汤浓，祥云飘太空。

2015 年 8 月 28 日

中 元 白 露

中元月前瑶池舞，松龄聊斋藏鬼狐；
安得美人陆判醉，夜半钟馗追道姑。
迷糊，迷糊，鹤发红颜白露。

2015 年 8 月 28 日

胜秋黄

昨天中元节，傍晚开始下雨，一夜阵阵雨，不知何时停。清晨有感。

夜雨泪汪汪，中元无月光；
先人地宫乐，早起秋已凉。
茉莉无花香，秋梅枝叶长；
窗前一片绿，春色胜秋黄。

2015 年 8 月 29 日晨

笑佛

君爱梅花腊月开，佛爱松林寺院栽；
巫山浮云斑竹泪，观音笑佛南海来。

2015 年 8 月 29 日晨

怀抱温泉

怀抱温泉，热流心田；龙腰源脉，闹市偷闲。
喷泉浪花福上头，水中共赏日夜篇。
泉花醉莲，温床缠绵；长廊楼榭，花草林间。
洗净俗世尘与土，感悟涌泉甘与甜。

2015 年 8 月 29 日

风流少年几度荒

富屯春光，溪落闽江，一路浪花溯流上；
李纲风雨坐朝堂，后生严羽诗沧浪。

铁城秋凉，叶落他乡，飘零难得衣锦还；
蚕蛾不死忙吐丝，风流少年几度荒。

2015年8月31日

赠玉妹

昨天在铁城一中群上看见学妹李玉芳的书法《厚德载物》，字体遒劲，端庄大气，大家大加赞赏；而后又见她身穿红裳，舞姿婀娜，又是一阵喝彩。得知玉妹常参加校庆活动，寻机预约邀请赴会，方知玉学妹远在黄河北岸居住……少年老时未曾见，学妹才貌文则天，谨作一诗赠之。

黄河浪漫洛阳天，厚德载物，玉笔芳舞翩；
媚娘牡丹笑花前，卢舍那佛龙门显。

海峡涛歌福州泉，丝绸海线，游诗浪花渲；
太白谛仙宣纸贵，伊水香山万佛缘。

2015年9月1日凌晨

七十载庆

明天是中国人民抗日战争胜利70周年北京大阅兵，晨起有感而作。

九三阅兵明，七十载庆。
中华当年日寇侵，国破家亡受欺凌，血战精英。
德意日霸行，世界血腥。
抗联中美苏法英，降魔二毙日皇眠，天道中兴。

2015年9月2日凌晨

阅　兵

今天是北京阅兵日，庆祝抗日战争胜利70周年，习近平主席检阅三军。联想到我与习主席同龄，同是1968届初中毕业生，同是上山下乡知青，而今，习主席领导中国走向中兴强盛，已退休的我，万分高兴，坚决拥护。获悉在一起插队的知青付贤智（福州大学校长、中国工程院院士）应邀参加北京阅兵，我更是激动万分……

北京阅兵潮，近平主席招；
军威强势神州浩，勿忘抗日英魂雪耻昭。
中国盛今朝，遍地生英豪；
参阅列兵外国友，观礼外宾政要贤智笑。

2015年9月3日凌晨

女排夺冠

昨天，中国女排在日本名古屋夺得世锦赛冠军，这是11年后重获冠。记得1981年在日本东京的世锦赛上，中国女排首次夺冠，而后连获五冠。首冠时，郎平是女排主将，扣球震撼；这次夺冠，郎平是主教练，堪称中国女排第一强！

世锦中国女排冠，十一载后振昂；
五连冠八一辉煌，
郎平猛将力强悍，主教女排上。
首胜东京战犹酣，今冠名古震撼；
腾跃飞扣空中球，
翻滚救起排球弹，功成挥血汗。

2015年9月7日凌晨

集美学歌

女儿游歌11日就要去厦门集美大学报到了，所作8首歌曲《东渡》《华山撼》《福建国税之歌》《鼓山》《程门立雪之歌》《中国梦》《海潭古城》《蓝眼泪》等，刻录成光盘，以为游歌跨入大学前之作。集美大学音乐导师比比皆是，游歌大学4年，在导师的教导下，一定大有长进。

歌爱集美海风吹，韵谱八曲浪花随；
求得高师大学成，海峡欢唱游歌飞。

2015年9月8日凌晨

教师节庆

今天是教师节，凌晨早起，联想到北宋游酢公携杨时求学程氏兄弟，朱熹传书《程门立雪》为千年尊师重教典范。如今，当年游酢在武夷山云窝旁讲学的水云寮，书院远逝，字立崖壁，碑石载证。今有嘉瑞创永泰立雪书院，夫子春木万年栽。祝教师节快乐，有感。

水云寮前蛮荒，师道崎岖路弯；
壁立万仞上天游，酢公理学开创。

程门立雪师赞，今日教师节欢；
夫子有道春木发，教育振兴中华。

2015 年 9 月 10 日凌晨

游歌集美

朝歌一路奔集美，夜半难眠涛花泪，
雏鸟离窠长空中，搏风浪，蓝天追，
万里鹏程独自飞。

东渡台海华山撼，鼓山晨钟唱国税，
程门立雪中国梦，海潭城，蓝眼泪，
八方妙曲仙人醉。

2015 年 9 月 11 日凌晨

集美军歌

昨晚收到女儿游歌发来的一组军训照片，竟然找不着哪个是她，穿迷彩服的女大学生们个个英姿飒爽。

冬梅冰雪红，春花风雨中；
夏荷水中生，秋菊广寒宫；
四季花开皆有令，军歌嘹亮绿草丛；
大学军训，集美海风。

2015 年 9 月 14 日凌晨

鸥歌飞

晨起思念爱女游歌，大学生活刚开始……祈盼集美大学、厦门大学的创始人陈嘉庚先生在天之灵能赠给女儿海鸥的羽裳，让她能在海天中搏击风浪！

笼鸽放飞，日夜传讯回；
海边集美，风波浪随；
梦见嘉庚赠鸥羽，海鸥展翅涛追；
鸥歌唱，乐韵陶醉；
浪花掀，天涯震撼，鸥歌海天辉。

2015 年 9 月 15 日晨

抗美援朝功臣

惊悉大叔突然瘫痪在床（89岁），倍感伤神。大叔文龙是参加过抗美援朝的志愿军，曾在美军轰炸汉城（今首尔）的数个小时前离开那里，否则，当时就牺牲了。大叔写有朝鲜战时日记，曾用复写纸誊抄了一份给我。他从朝鲜战场寄来《海涛》《剑风》，父亲选了“海涛”作为我的名字。大叔在部队是文书，文采风度，皆是我从小敬佩的楷模。近日将溯江而上，看望吾大叔。

叔遨游，文龙遒；
抗美援朝命海涛，剑风数名流。
逢八九，暂时休；
北京阅兵赞功臣，百岁今生有。

2015年9月16日凌晨

浪花的爱

我爱嫦娥，一生一世；嫦娥想我，一时一刻；
光阴似箭，岁月如金；我是凡人，后羿子孙。
我爱观音，一心一意；观音念我，一分一厘；
光阴荏苒，岁月如萤；我是俗人，芸芸众生。
我爱苍天，春夏秋冬；苍天怜我，一日一夜；
光阴瞬间，岁月如水；我是浪花，无影无形。

2015年9月17日凌晨

蓬 壶 洞

亭在林中，寻星海夜空；
月儿勾心嫦娥累，睡梦中。
我欲乘风而去，难为力，广寒宫中无风。
狮岩蓬壶洞，御笔乾隆。
岩前蛟湖荷花红，相伴满山松。
观音弥勒，庙宇逢；
晨钟暮鼓，香火共享。
东海藏蛟龙，涛起浪涌。

2015 年 9 月 17 日凌晨

勿忘“九一八”

今天是 1931 年日寇在我国东北发起“九一八”侵华战争的国难日，有感。

长白凄惨，九一八；黑龙江断，日寇狂；
壮士浴血，东北沦丧。
十四秋冬风与雪，万里云天血和泪；
莫忘耻，好了白眼狼，心悲凉。
中华强，英雄胆；钓鱼岛，岂容犯；
国歌万众高唱。
起来不愿做奴隶，血肉筑成新长城；
向前进，振兴我中华，共担当。

2015 年 9 月 18 日

涧

相惜丛草崖边生，下有山雀深谷鸣；
秋风携雨午后急，叶落无语潭自沉。

2015 年 9 月 20 日傍晚

观音游

树下老藤缠，河畔珠儿香；
道上乐声起，水中浪花欢。
玉宇琼花靓，喇叭花绕弯；
观音天际游，何处觅佛山？

2015 年 9 月 22 日晨

海浪涛

岚桥亭远风绕，雨抛锚，斗鸡弄潮。
流过江河山道弯，
暗石礁，泥沙淘，海浪涛。
夜深上琼楼，云雾渺，风向何朝？
无缝天线落地花，细语浇，秋雨潇。

2015 年 9 月 24 日凌晨

陈嘉庚星之歌

一颗行星，在太空遨游；嘉庚、嘉庚，陈嘉庚。
茫茫星海您最亮，您是天造新星。
一个哲人，在集美诞生；嘉庚、嘉庚，陈嘉庚。
巍巍学村您缔造，您是孔孟兴星。
一位领袖，在海外经商；嘉庚、嘉庚，陈嘉庚。
抗日救国您奉献，您是中华金星。
陈嘉庚、陈嘉庚，
先生爱国世人敬，集美嘉庚星。
谨记先生嘱咐“把集美学校办下去”，办下去；
华侨旗帜，民族光辉，嘉庚星！嘉庚星！

游海涛词、游歌曲

玉　树　花

昨夜散步福州温泉公园，夜光灯火里，忽见湖心岛上高高的树梢悬挂一火球，特绕道登湖心岛近前探视究竟，确是长在树上的，但还分不清是花是果。

夜光湖色玉树花，火球高挂，树上何奇葩？
踏波飘然入幻境，梦邀仙子一湖话。
凡间数日中秋佳，月下人家，嫦娥回头嫁。
福在温泉岛中藏，花在暗处香入画。

2015 年 9 月 25 日凌晨

中秋月圆

今收到黎虹弟发来诗作，感慨万千。怎有兄尚未言老，而弟先道衰之理？

中秋月圆，嫦娥闲，我欲腾云飞天。
渴盼团圆天理在，后羿广寒心连。
清凉月宫，玉兔相伴，吴刚无情缘。
霓裳飞舞，银海星歌空前。
俯瞰金秋人间，万家灯火，桂香美酒甜。
福地温泉八闽宴，博得月饼团圆。
月莫留仙，随羿溯源，趁体魄强健。
仰天长吼，震落星斗缠绵。

2015 年 9 月 25 日

中秋前夜

中秋前夜云雾茫，满天星随月下凡；
圆月饼甜星光亮，水中月，群星灿，
银河悄然入闽江。

月圆之际心透亮，日上鼓岭秋风凉；
举杯独饮歌一方，海边浪，日夜忙，
明月嫦娥照天光。

2015 年 9 月 26 日夜

集美军歌

集美阳光，军歌嘹亮，中秋月圆一方。
韵律键弹，八曲绕福梁。
涛思海风飞浪，奔腾急，微信疯狂。
十分靓，花美绿装。
意志强，跌打滚爬，锤炼巾帼芳。
歌唱，月亮湾，晋安河畔，河滨月光。
团圆听歌唱，歌在远方。
今宵嫦娥下凡，快回家，数日歌还。
美酒香，醉卧琴房，海边有风浪。

2015年9月27日，中秋节之夜

杜鹃天

杜鹃台风袭来，狂风暴雨呼啸，惊天动地。竟以“杜鹃”命名，真费解。

杜鹃海天翔，滔天巨浪，
狂风呼啸林木颤，
暴雨滂沱江河满，直奔东南。
月正团，嫦娥人间忙，圆月饼香，
烛花跳跃洞房乱，
酒醉疯狂良宵短，催上广寒。

2015年9月29日凌晨

双 十 节

双十震武昌，首义清亡。
群雄混战国难安，
日寇铁蹄溅河山，十四年抗战。
蚕食缺叶桑，雄鸡累卵。
六十六载两相安。
大陆台湾海天朗，中国兴旺。

2015 年 10 月 10 日凌晨

日 上 中 辉

带妻女到中辉大厦我的顾问办公室，她们特高兴，我亦很开心。这里可真是我写诗作词、书画人生的好地方。我将为中辉的旅游文化宣传尽心尽力。

日上中辉漫游，香歌潜入画轴；
涛诗书海五层浪，天地乐闲悠，莫愁。
夜下明月逗留，韵梅梦游神州；
歌欢韵谱海天辉，
广宇赞金秋，集美歌更优。

2015 年 10 月 10 日凌晨

礼　缘

春秋五霸之一晋文公，游历他乡，饥而求食，一农夫授土相戏，文公跪而接受，终成大业。在功成称君回师江边，欲弃旧物，随从即告辞，文公大悟，弃物是宝，旧识相好，于是乎，为春秋霸主之一也。

重耳寻亿路途饥，
农夫无鑫钵土戏；
同脉相聚天有情，
云迷雾团辉珍惜。
天意天意，
不敬难为志，士心良机。

2015 年 10 月 12 日凌晨

酢公乌山首

全国各地游商精英聚首北京，召开首届中华游氏商会，推举出总会会长、副会长、秘书长等领军精英，筹建中华游氏家族网，会址设在福州。一日筹集 200 万元经费。有感。

游网日聚两百万，宗祠明月闽都安；
酢公乌山九君首，何年魂归昭三山？

2015 年 10 月 12 日

岚 岛 游

将军山，海风呼啸，惊涛骇浪；
空前演武大海战，百员虎将万年长。
仙人井，东海仙境，海谷悬崖；
浪在深渊石震撼，风在脚下海天茫。

海坛神，南海阳天，霸王巨鞭；
雄踞漫沙卧浪花，精华人生万代传。
石牌洋，天下奇舰，半洋石帆；
海天一帆日夜船，漂泊海涛祈平安。

南坛湾，月夜海滩，蓝眼泪亮；
晶莹流光掌心捧，浪花细语情侣缠。
君山后，气势巍峨，高风北尚；
雾锁岚岛总有时，风吹海坛极目望。

山岐澳，细沙如玉，海岸绵长；
山在澳中林草藏，花在怀里睡也香。
龙王头，沙软浪宽，海浴天然；
风和日丽人潮满，健男靓女追浪欢。

海坛城，古城明清，中辉日上；
五游招康石屋郎，海市蜃楼涛歌唱。
日游海天夜古城，望海楼前尽狂欢。

2015年10月13日凌晨，平潭海坛古城怡心院

大　海

所有的云，都是随你而飘荡。
所有的雨，都是随你而降落。
所有的江河，都是为你而奔波。
所有的愿望，都是为你而存活。
你是我的所有，
为此，我日夜欢歌。

漫漫天路，只怕你浪子回头。
危危崖岩，只怕你浪迹飞流。
幽幽暗礁，只怕你浪落深沟。
小小心愿，只怕你浪花一眸。
为你激动，然而，我愿意。

我愿意是浮云，假如你选择了方向。
我愿意是雨珠，假如你倾诉了渴盼。
我愿意是江河，假如你包容了浑浊。
我愿意是时光，假如你远离了故乡。

2015 年 10 月 13 日凌晨

再见，浪花

哗哗地我走了，正如我哗哗地来；
我哗哗地欢呼，拥抱东海的曙光。

那缤纷的朝霞，是浪漫中的霓裳；
时光里的帆船，在我的心头跌宕。

在沧海的波涛里，
我真心做一朵浪花。
那海天里的激情，
不会胆怯，
是电闪雷鸣悬在风雨间，
呼啸着蹈海似的梦。

寻梦，握一支探针，
向海洋更深处搅去，
一叶方舟，
在碧波荡漾里欢歌。

哗哗地我走了，正如我哗哗地来；
我舞一舞大海，不留住一朵浪花。

2015 年 10 月 13 日

献给启明星

启明星在苍茫夜空中出现，
你打开天幕的黑墙，
看到太阳从东海跳出。
你是天空中唯一
一颗启明的星星。

在这早起的时刻，
我幸运地看到了，
崭新的世界的今天。

在这天亮的时刻，
我最先一个
点燃这黎明的晨光，
最先一声
呼唤这个世界。

最先的一首诗歌，
献给启明星。

2015年10月15日凌晨，平潭

相信太阳

当互联网疯狂地网住满天星斗，
当人类的灵魂憧憬生命的永恒，
我依然执着地追求点滴的时光，
用凌晨的浓墨写下：天快亮了。
当我的月光曲潜入嫦娥的寝宫，
当我的赞美词惊醒太白的醉梦，
我依然执着地用茫然的迷雾，
在苍白的天地间写下：相信太阳！
是啊！相信太阳，这是最炽热的火球；
是啊！相信太阳，这是最光彩的生命。
我站在南山——泼洒那满天的朝霞，
我立在东海——捞起那通红的太阳，
我舞动浪花——驾驭那生命的帆船。
用心和血写下：相信太阳。
我之所以坚定地相信太阳，
是因为相信未来人类的发展，
人类探索宇宙空间的能量，
人类追求银河更多的星球。
无论自我生命如何的宝贵，
岁月沧桑总会使海枯石烂。
是生命感动了眼泪、命运获得同情，
还是勤奋赢得微笑、坦荡诙趣讥讽。
我坚信我们的脊骨有五岳的框架，
我坚信我们的心胸有四海的风浪。
那无数的坎坷、灾难和沮丧，
一定会拥抱热情、彩虹和太阳。

是的，我无惧暴雨风浪，我无畏雷轰电炸。
好斗的勇士啊，坚定地相信太阳吧。
相信太阳的永远年轻，
相信未来，相信生命。
人生呵，一定要快乐！未来呵，一定会灿烂！
生命啊，永远爱太阳！

2015 年 10 月 14 日凌晨

忧　　伤

从海边走过，
沙滩上有潮起的浪花。
海鸥不来，
秋月的蓝光不见，
你的心
如暗暗忧伤的泪，
掉入嶙峋的礁石。
涛声不断，
连天的呼啸风狂，
你的心
是小小的一朵浪花。

2015 年 10 月 14 日下午

诗　文

我坐在书屋想诗文，
看诗文的人在梦中笑我。

黑暗侵占了你的世界，
你侵占了别人的梦。

2015年10月15日凌晨4点

君　山　湖

平潭君山高，
仙道羊哨，翘首中天辉。

风啸山吼林海潮，
路长道深玄机妙，寻得山神庙。

岚岛君山湖，
望峰球穹，湖畔有神牛。

登云寺内君山王，
仙境一处海天上，水树湖边草。

2015年10月17日凌晨

南开生日诗人会

雄鸡一唱天下白，灵芝兰馨壁上栽；
鹰翔万里环球越，孔雀金线莲花彩。
海峡文化庆南开，乒乓友谊运动来；
金牛顶起满盘玉，山菊兰花盘根采。

2015 年 10 月 17 日下午 3 点

温泉舞缘

在福州温泉公园舞池旁，收到滨师弟的好友一诗，贺之。

三股温泉瑶池涌，银河星流霓裳风；
狂欢太白嫦娥舞，神仙何时回月中？

2015 年 10 月 17 日晚

夜逍遥

携妻上温泉瑶池边跳舞，再绕湖心散步，有感。

昼闻海风腥，难得好心情；
夜上瑶池舞，浪漫绕湖心。
暗藏满天星，未见月儿明；
苍穹喷泉涌，飘然睡莲亲。

2015 年 10 月 20 日晚

蝴蝶兰

早起看屋内蝴蝶兰，浮想联翩。

时光从容化为蝶，岁月蹉跎程门雪；
渗入香魂君子兰，静处无风仙人界。

望云天，窗外月，四季寒暑奈我学？
鸟瞰天下亿万山，君爱笑颜兰花节。

2015 年 10 月 22 日晨

北堂春晖

晨起接林仁生贤兄电话，诚约吾为其慈母百岁仙逝而汇编的《北堂春晖》一书作诗词各一首。诗已编入《北堂春晖》一书。

林府高母银宋，百岁仙逝天风；
岚岛海浪涛歌，九州传扬赞颂。

曾经沧海风云，相夫教子德崇；
海天仁生扬帆，春秋万代峥嵘。

2015 年 10 月 22 日晨

林海春晖

岚岛北堂巍，林海春晖。
百年恩德，儿女潮泪，风啸啸浪回。
仁生母爱，弟妹相偎，风高云飞。
九天蓬莱，尊母星奎，酒香常醉。
月老太白，王母伴随，庭彩虹垂。
林英魁伟，海天神威，德智勤孝最。
高风亮节，锦绣芸荟。

2015 年 10 月 22 日

湖　心

湖畔草丛，花伴林松。
水中俏，淑女琼楼。
细语微风，醉意香浓。
夜光湖心，深几尺？藏龙宫。
巡游探路，步履蚕虫。
海丝道，郑和迷踪。
弯月似舟，银河乘风。
咫尺天涯，湖心天，香如故。

2015 年 10 月 23 日凌晨

金 秋 梦

海到南洋，风飙浪狂，万匹丝绸扬帆。
梅岭钟楼，庄上石三郎，金秋瓜果飘香。
蚰儿扬，榕须晃荡。
藤树缠，霞光绽放，丽君天人唱。
璀璨，满庭芳，江水浪欢，锁故乡。
温泉桂花黄，玉兔月忙。
宫中兰馨酒红，嫦娥舞，银河渡上。
夜风光，瑶池星乱，无处寻凤凰。

2015 年 10 月 25 日晨

天 地 大

乾坤天地大，环球如弹丸；
风光瞬间急，中国秦始皇。

酢公清廉赞，客死在含山；
子游郑国公，中华裔百万。

文风兴学商，亿万开海疆；
官家爱硕果，诗文石榴酸。

2015 年 10 月 25 日晨

湖　南　游

湘江游酢兴潮，岳麓朱熹传道；
湖南游裔研会召，飞来福地相邀。
嘉瑞祥云峰高，海涛浪刻崖礁；
飘游闽湘无水路，湘妃斑竹洞箫。

2015年10月25日

一轮红日待天明

子时入眠夜半天，荒鸡催醒梦中仙；
昨逢平素英联女，喜得大海涛歌连。
云月晕，雾叶静，窗外悄然淡香侵，
抹去满天星和月，一轮红日待天明。

2015年10月27日凌晨

仙　人　石

海丝之路万里驰，涛波风帆连天湿；
饱蘸东海翻腾浪，借得龙王海针执。
岚岛风高君山寺，牛在湖畔草丛食；
辉映中天阳光点，亿万年华仙人石。

2015年10月27日傍晚

望 长 空

星无语难言真情，月常缺云雾不清；
同在天幕各自亮，相处千万别离星。
日有酸甜苦辣辛，时伴喜怒哀乐怜；
分时难舍和时累，妙女春天日焕新。

2015 年 10 月 28 日凌晨

榕城四季春

睡莲花水面浮游，鸡冠花昂首朝天。
赤橙黄绿青蓝紫，太阳光彩照温泉。
榕树满城茉莉蔻，万寿菊上桂花缘。
落入百花四季春，湿透涛心浪歌仙。

2015 年 10 月 28 日傍晚

雾 荷

蒙蒙湖雾浓，团团水莲蓬。
荷舞婀娜枝，子藏心腹中。
藕丝水中缠，叶翠含露珠。
飘然凌波仙，清香迷雾重。

2015 年 10 月 31 日

感恩南开

我，是一颗种子，带着新生的渴盼，
来到憧憬的南开。
我，是一株幼苗，怀着成才的理想，
来到博爱的南开。
我，是一只雏鹰，携着成功的梦想，
来到创新的南开。
我们从天南地北而来，
如饥似渴，吮吸着南开的甜美乳汁。
我们描绘着未来，花儿总会笑在枝头，
草儿总有春风弄潮。
南开的情怀绽放着百花与绿叶，
放飞花草的梦想，
还有那，苍鹰的翅膀……
历经磨砺的南开，从来——也不惧坎坷！
承载着荣辱的洗礼，
肩扛着民族振兴的脊梁！
恩师教诲，为人要拼搏，爱心爱人，
才会真爱国。
芬芳四季花，青春遍天涯。
我爱您，亲爱的南开！
允公允能，日新月异。
南开博爱，感恩师道。

2015年10月31日凌晨

南开弄潮人

允公允能育栋梁，日新月异创辉煌；
百年南开九校长，群英荟萃南开强。

西南联大度国难，院士精英搏海浪；
白河津门两总理，史诗画卷范文传。

南开弄潮人篇章，百集联播莫言忘；
故事曾母到漠河，南开骄子海天扬。

2015 年 11 月 5 日凌晨

江 滨 灯 花

昨夜携家人、朋友到福州北江滨观夜景，燃孔明灯。有感。

一江灯火琼宇，
逍遥津，乐在江滨。
暗香歌舞亮孔明，
天地转，心愿燃，重霄上。
满江潮，漫步沙滔。
银河涟漪临江歌，
集美游，榕须悠，学莫愁。

2015 年 11 月 8 日凌晨

辨　真　假

上午在福州温泉公园召开各大银行辨真伪币活动，而第五套100元人民币明天才面世呢。

百元新币头像红，主席英貌流行风；
祈盼早日到民家，唤回温暖度寒冬。
人在福中冬雨蒙，百家银行温泉送；
纸花传单辨真伪，真币明朝首发中。

2015年11月11日下午

遇　寒　冬

人生几回遇寒冬，冷雨凄风夜朦胧；
早起未见天下白，闽里众生睡梦中。
荒鸡未鸣食草虫，墨海泛游浪涛峰；
李杜酒醉诗方艾，万里江河浪花涌。

2015年11月12日上午

无　　常

奈河黑风浪，骊水逢无常。
满天星光语，夜深舞疯狂。
乌江楚霸王，虞姬恨长江；
浑浊山洪水，飞流奔海疆。

2015年11月13日晨

赞游公嘉瑞

巫山境内步云天，山川春木狮峰前；
鲤鱼嬉戏半月池，牧童耕读光洋田。

朝阳晨曦八十年，寿石微雕中华先；
海峡百姓夫子游，挥笔大善四海喧。

苦笋颂歌云峰巅，立雪书院嘉瑞建；
千年酢公今生欣，永泰裔孙出圣贤。

2015 年 11 月 14 日

泡 友 影

昨天结识湖湘泡友合影。

磊池福温泉，围坐四海天；
足下深情水，石霸玉女缘。

俯首浪花鲜，对视泡友艳；
相邀影中留，绿茵琼楼前。

2015 年 11 月 17 日凌晨

感　悟

游上九云霄，酢公梦天遥；
学问栋梁材，理学二程教。

风高鲲鹏鹞，雪深洛阳桥；
鸡鸣子夜闲，日月时分秒。

归　巢

天寒凄风号，旷野雪花飘；
哀鸣食断肠，振翅落荒草。

江河昔日潮，冰封冻土刨；
孑然生息地，温柔偎羽毛。

归字诗

诚邀酢公饮，盼君千年归。
随缘浪花去，望穿海天飞。

松菊梅兰在，风高林已非。
泛舟揽明月，公孙情依依。

接　花

酢公接花在，情深意如海。
花可有色变，单枝叶雾霾。
英姿长日晒，含苞粒子栽。
天生丽质靓，人为精华埋。

君在北宋寨，邀公观山海。
造化有神功，季花日夜开。
公爱春菊采，公喜冬桃摘。
无所不能及，万物竞相来。

雨露生草苔，霜雪棚中菜。
橄榄尖又圆，荔枝南北栽。
识时悟者帅，识时机者来。
武夷水云寮，千年展风采。

西湖菊景

2015 年 11 月深秋时分，福州西湖菊展，万花妩媚，湖中花牛牧童竹笛，榕下花象万人簇拥，美不胜收。

锦霞明媚天下，秋菊绿榕人家。
银河牵来绣牛，湖上浪里观花。

赞天成岩

邵武天成岩有三岩洞，藏三寺：天成岩寺、佛成岩寺、狮成岩寺。天成榜崖岩，垂直光滑无字，吾戏言，天时吾待。

奇岩北闽三洞奇，归禅千年天成归。
至成天佛狮寺生，知上天榜岩我知。

晋安桥边

晋安桥边河滨楼，榕荫花锦夹清流。
夹道榕须风细细，小歇初醒藏福州。

熙春公寓楼

小窥眼下望碧萝，鹿林飞飘远山过。
紫阳昭武溪边少，窗外富屯夜星多。

塔　　光

龙都宴罢舞广场，霓虹飞瀑已盎然；
山野狐媚松龄渡，天方夜谭福塔光。

花　　靓

花在灯下格外靓，人往温泉开心欢；
夜雨飘零漫天舞，几处劲歌上云瑞。

在冯宅风中立

吾前日到福州冯宅村寻20年前旧貌，冯宅卫生院犹在，十字亭不见。故乡已是一半高楼矗立，一半屋群密集，有感于酢公“在颍昌寄中立”而作。

冯宅前日寻花容，一所生院傲长空。
翠榕犹记生歌乐，未闻高枝唱清风。
萧然苍白一鸿庐，魂游星海仙人居。
十字亭旁故乡路，至今程门立雪疏。

思念南开大学吴清心教授

千年酢公怀念明道老师，感慨赋诗。吾亦思念南开吴清心老师，如今她已卧病在床十余年，于可老师是她的先生，他们夫妇对我父子两代人的教诲铭记在心，我爱南开，爱我的南开恩师。

酢公桥西怀明道，吾思南开清心遥；
积雪关鸟和书声，马蹄湖畔早读潮。
春浓程门铺绿草，林荫楼内吴李桃；
千年师生立雪情，今朝吾师可安好？

大　家　唱

夜来温泉好心情，欢歌祖国日月新；
老将春光留三山，直上云天点明星。

回眸天成岩山水

十里山泉湾谷天，青蔓飘逸崖相连；
园岭渺渺榧树友，野猴跃跃空谷仙。

风吹五虎朝狮日，雪盖天成寺千年；
追慕圣人唇中梦，回眸双狮峰蹁跹。

三寺岩洞藏

邵武市原天成岩景区内有天成岩寺、佛成岩寺、狮成岩寺，均建于岩洞之内。而今，在原寺之外，用小木料扩建了寺院殿堂，原来的特色已不能体现出来了，甚感遗憾。

天成岩寺狮峰上，五虎朝狮林海茫；
佛成岩寺宋朝建，大明文举遍崖龛。

狮成岩寺五钟山，遍地稻菽螺女荒；
而今寺外僧侣驻，三寺无缘岩洞藏。

琼楼上

榕从异地撬，断枝无树梢；
数春团朵叶，残木支撑腰。

夜黑聚光照，幻绿迷你娇；
风流琼楼上，几人乐通宵。

林中尘世缘

林中徘徊漫雾游，高枝不为落叶谋；
义和情缘日月永，猿声鹤唳山谷幽。

凄凄戚戚尘世晒，斑斑驳驳欲何求？
应得粒子非天意，客至默默解百忧。

游 西 禅 寺

阶上云塔佛祖天，俯瞰福大近眼前；
宋荔可知东坡在？西禅湖边荷花缘。

五百罗汉气宇轩，玉佛卧榻梵经念；
凡俗无缘墙外边，心中有佛佛光现。

酢公赠陈仲循

即千年赠仲循余，脱却官袍雅自如。
圣上选才荡空谷，风吹草动蟒先趋。

庙殿天王执仗柄，求者可为瘦或腴。
惓意浑浊聆酢语，棹舟搏浪智不愚。

韩魏公读书堂

千年难觅安国寺，酢公曾经韩魏墟。
郡守尘埃瓜李嫌，涌泉石处有人居。

莫恨俗事逆人意，勤伴灯火读三余，
古人未知今朝女，天涯海角行自如。

酢知韩魏读胡尔，唯恐心怠误耕锄。
先辈北宋厚有此，千古兄弟传诗书。

中秋不见月

浮云拥簇中秋天，万里嫦娥可安然?
渡上银河月未揽，楼前痴人眼望穿。

桂树难伐吴刚约，鉴真相会夜半圆。
自有后羿勤装束，卷帘静卧待婵娟。

冬　　铃

汀江实达温泉乡，冬铃四处扬。
浪花行中央，石釜烧百样，豪饮渡晋安。
罗马假日品茗香，相邀行亦难。
涛声连天响，杯中乾坤大，相识来日长。

2015 年 11 月 17 日

四 君 子

上午到福州吉庇巷82号，参观赵守箴、陈坦、郑祖斌、张文东四君子书画展，有感。

赵陈郑张，书画溢香，福州吉庇会展。
守箴书法，坦画绘习大。
祖斌寒冬梅花，文东字，行草堪佳。
风光丽，新闻访话，香涛潜入画。
民流。品文雅，画廊徜徉，情义箴嘉。
诗呈守家。
坦然翰墨院长，挥手召，龙门鱼虾。
万诗表，海峡诗文化。

2015年11月18日下午

和 梅 赞

在微信中发表一首诗，得叶惠圣夫人邹素梅嫂赞：“涛哥赛李白呀！”吾即赋诗一首侃之。

李白江中醉，涛歌海天飞；
贵妃霓裳曲，海涛天涯追。

逸仙踏浪回，杜甫风雨累；
松龄聊斋夜，仙圣鬼狐魅。

2015年11月22日晨

冬　树

今日小雪，南开大学校友回母校拍雪景，有感。

茫茫白雪夹道飞，临风玉树参天围；
冰雪难熬冬虫草，气宇轩昂落叶归。

巍巍南开百年辉，莘莘学子津门追；
风雪冰霜寒家子，浩宇俨然迎君回。

2015 年 11 月 22 日午后

冬　榕

今日小雪，拍摄福州榕树，与南开大学校友回母校拍摄的冬树雪景比较，天壤之别，颇为震撼。

郁郁葱葱伫水边，根根长须随风缘；
草翠花繁春常在，福州温泉榕树天。

片片绿叶四季绿，枝枝榕丝落地连；
桥上高楼水中影，榕树满城冬不眠。

2015 年 11 月 22 日晚

雨　涛

昨天下午，同班同学林雨平相约在福州温泉公园磊池见面。雨平协妻助矫正脊梁术，海涛日夜伏案诗书，歌舞尽致，各得其乐。

林中雨平漫游，
涛歌温泉浪花，
紫云飞渡三十载，
天人重霄里，凡间再欢娱。
岁月春去冬至，平地日头顶光，
雨随风摆阵，浪掀诗话天。

2015 年 11 月 23 日晨

榕冬不来

绿叶怀抱锦花开，武媚来榕牡丹采；
温泉喷涌激情水，榕傲须长春常在。

美人树花紫又帅，秋叶难黄绝尘埃；
谁言蚕死丝方尽？小雪过后冬不来。

2015 年 11 月 23 日午

星 夜 游

星夜色，花在暗处香，林中绿草藏。
星夜光，湖水萤波漾，火树琼楼亮。
星夜游，魂飞银河里，魄落月还乡。

2015 年 11 月 24 日

武 夷 瀑

收到秀山珍姑瀑景照，有感。

武夷秀山清泉瀑，林中飞流天篷壶；
珍姑不在岩前待，品茶崖涧巡游福。

2015 年 11 月 26 日午后

智 翁

塞翁失马，叶公好龙；子牙钓鱼，天赏秋翁。
太白江中，杜笠雨蒙；追慕陆游，松龄狐风。
水浒庵公，雪芹楼梦；三国贯中，西游悟空。
富屯山水，奔波浪涌；圣人唇响，午后相逢。

2015 年 11 月 26 日午后

山　猴

午时收到武夷山太平洋水上广场猴照，有感。

悟空无寿佛，阎王废死簿；
猴在太平洋，龙宫擎天柱。
武夷山猴妒，索食何仙姑；
帝猴嫔妃随，老死儿孙处。
海浪风云浮，勇攀山猴路；
林中珍馐藏，难得天庭渡。

2015年11月27日下午

朱子之歌

昨晚到福州凤凰剧院观看福建省第三届音乐舞蹈杂技曲艺类优秀节目展演《朱子之歌》有感。

朱子诗歌上天游，武夷山秀，
水云寮怀旧。
理学大成尊师究，
玉女福中舞云袖。
九曲飘逸诗歌悠，凤凰好逑，
孔圣贤儒囿。
八百春秋朱熹颂，
千年酢公更风流。

2015年11月29日晨

修　身

昨天拍得树景：美人树为断木所撑，桂树林梢被削平，丛木树天生矮种，柏树修成圆柱，榕树成球状盆景。

美人树高倚扶撑，生花有时刺浑身。
桂林欲高断枝伸，张臂相交梦香魂。
丛木生就无意升，芳草相依情谊诚。
柏柱榕球形态异，修身常青度今生。

2015 年 12 月 1 日晨

花　语

春风桃李舒心怀，夏日荷花水中来；
秋香菊桂沁心田，冬雪梅岭飘入海。
花言巧语展风采，笑迎阔叶花下埋；
山中自有千年树，莫信花为君子开。

2015 年 12 月 1 日晨

龙生子

龙腾云海重霄天，生就九子异空前；
吐却污浊穿蟒袍，垂涎天水守神殿。
华夏裔孙龙脉连，文武智勇何为先?
但得天下青山在，海峡涛花攀崖岩。

2015 年 12 月 1 日午时 13 点

百 花 赞

1. 牡丹　百花丛中王，国色溢天香；
洛阳隆冬开，千古颂女皇。

2. 兰花　君子幽谷香，常与芳草伴；
山中清泉出，世上读书郎。

3. 梅花　笑看冰雪寒，傲然凌风霜；
谁言心不热？三瓣日夜芳。

4. 菊花　花到秋日黄，姿色竟百般；
一枝终生随，采撷擎天香。

5. 茉莉花　洁白闻清香，晶莹颗粒芳；
风雨满城时，绿叶娇花含。

6. 杜鹃花　映山红花扬，日夜思故乡；
而今满城栽，到处见芬芳。

7. 荷花　水上玉娇娘，阔叶青罗帐；
莲藕碧波里，观音清风上。

8. 睡莲　醉花水中睡，圆叶碧波围；
暖阳当空照，佛乘浮云归。

9. 茶花　花红淡又浓，叶厚青亦重；
纯洁瓣如梅，阳光山花种。

10. 玫瑰花　爱恋花样红，情侣抱怀中；
娇花多带刺，明月醉花丛。

11. 紫荆花　花开热带红，绿树南岛风；
城在花中醉，夜上水晶宫。

12. 百合花　夫妻合欢花，朵儿娇嫩芽；
绿荫阳光下，芬芳笑人家。

13. 郁金香　　郁葱风雅花，金冠花后佳；
香沁太白醉，诗在酒中夸。

14. 水仙花　　水浸葱头芽，仙姿展奇葩；
花香沁肺腑，无尘洁高雅。

15. 昙　花　　昙现亥时华，花在暗中发；
借得月光照，美哉惊魂侠。

16. 长春花　　长在阳光下，春红洁白雅；
花开五朵瓣，情深百姓家。

17. 桂　花　　桂枝天上挂，花开嫦娥家；
香飘万里路，金秋日月华。

18. 海棠花　　海上山谷峡，棠红白云霞；
林在花中绿，情寄远方家。

19. 向日葵　　向阳抬头望，日照四周山；
葵花笑微风，籽在口中香。

20. 金银花　　金色花瓣长，银亮芳姿香；
花清凉暑气，叶茂情自爽。

21. 石榴花　　石顽补天荒，榴树颗粒强；
花开橙红艳，常哺高智商。

22. 栀子花　　栀果护肝胆，子居静处安；
花容洁白玉，风飘千里香。

23. 三角梅　　三角蝶恋花，梅开彩云霞；
叶生花朵样，四季好芳华。

24. 太阳花　　太空明朗天，阳光花盛艳；
花遇阴雨日，含衾绿中纤。

25. 虞美人　　虞姬团圆花，美哉霸王嫁；
人杰恋红颜，花开绿叶夹。

26. 龙吐珠　　龙口一团花，吐露红云霞；
珠玉白无垠，花簇心中华。

27. 美人樱　　美色紫云蝶，人前玉婷婕；
樱桃口中酸，花惹众豪杰。

28. 牵牛花　　牵花走天涯，牛犁田万家；
花紫人生梦，情藏绿叶匣。

29. 朱项红　　朱艳一丛花，项羽爱冠瑕；
红颜遇知己，花种富贵家。

30. 铁线莲　　铁骑千里风，线牵五彩虹；
莲蓬飘南湖，花招飞来蜂。

31. 君子兰　　君临长安城，子曰天下闻；
兰亭聚文豪，花香日月乘。

32. 大岩桐　　大乘花皎月，岩前峰顶鹊；
桐林硕果结，花盛赏心悦。

33. 马蹄莲　　马到功成天，蹄前腾飞燕；
莲心多爱子，花开玉婷娴。

34. 月季花　　月上明星天，季风四海喧；
花艳赛玫瑰，芬芳入寝帘。

35. 倒挂金钟　　倒海翻江浪，挂帘壁上川；
金凤栖梧桐，钟声赏花观。

36. 风信子　　风抚花草丛，信君蕾芯中；
子巡九州郡，遍地芳香风。

37. 薰衣草　　熏香迷人醉，衣将娇媚偎；
草绿紫色梦，风送香入微。

38. 天竺葵　　天生粉红绯，竺馨绿叶堆；
葵籽向阳转，花香和风吹。

39. 龙船花　　龙飞水上花，船行海天涯；
花开绿叶丛，香飘满天下。
40. 卡特兰　　卡通时尚佳，特样精美华；
兰馨花心红，婷立绿叶荚。
41. 球根海棠　　球状层叠花，根扎沃土峡；
海上浪花起，棠开绿波霞。
42. 炮仗花　　炮口朝天开，仗势绿营待；
花在枝头住，三颗同心载。
43. 珊瑚花　　珊红絮云嗖，瑚乘阔叶舟；
花开一对靓，情丝日夜稠。
44. 长寿花　　长寿四瓣花，寿比日月华；
金黄暖阳照，花开有缘家。
45. 吊竹梅　　吊篮一盆栽，竹叶紫条彩；
梅上秦岭笑，花在南山开。
46. 九里香　　九天云朵飘，里上尺寸遥；
香溢出清爽，花洁姐妹娇。
47. 百日红　　百里红冠娇，日上花枝头；
红遍江山蒂，花伴绿叶骁。
48. 瑞　香　　瑞芳群花围，香溢招蜂飞；
花开成对时，叶绿阔长魁。
49. 令箭荷花　　令君赏心悦，箭拔飞明月；
荷芯瓣朵尖，花红硕伯爵。
50. 凌霄花　　凌云志向高，霄汉冲天骁；
花朝八面开，相衬绿叶袍。
51. 鸠尾花　　鸠山淡紫娇，尾长绿枝条；
花香芯中溢，无意让人瞧。

52. 石竹花　　石痕玉上娇，竹斑湘妃瞧；
花如蝴蝶飞，香似羽翼薄。

53. 十宇爵床　　十分恋嫦娥，宇清上银河；
爵士黄金剑，床前花月泽。

54. 含笑花　　含山酢公峭，笑看南山骄；
花蕾欲张扬，心怀红粉潮。

55. 美人蕉　　美色擎天高，人心比花骄；
蕉香橙红艳，何时蜂来挑?

56. 萱草花　　萱衣瓣六角，草针交叉描；
花彩条中线，香随风中飘。

57. 小苍兰　　小可为大谋，苍山藏紫娇；
兰馨珍草绿，花香自逍遥。

58. 网球花　　网络满天星，球红日照晴；
花开针芒射，香沁采花玲。

59. 五色梅　　五岳花潮兴，色彩金黄莹；
梅花朵儿围，翠绿抱团锦。

60. 玉　簪　　玉洁翠欲滴，簪针姿腰迷；
紫色恋之梦，含香花蜂蜜。

61. 六月雪　　六随仲夏炎，月到十五圆；
雪白五瓣花，绿叶镶银边。

62. 连　翘　　连天云朵飘，翘首望天骄；
花在枝上俏，香随风过桥。

63. 鹿角蕨　　鹿茸林中娇，角上花枝俏；
蕨叶多尖角，花在林中笑。

64. 随意草　　随风一串铃，意中君痴心；
草在花下生，花蕾日上乘。

65. 蜀　葵　　蜀生美娇花，葵向太阳颊；
红在芯中笑，淡雅清风嫁。

66. 酒瓶兰　　酒清透明亮，瓶开淡雅香；
兰君针叶绿，花洁心中藏。

67. 草　莓　　草叶花朵大，莓果酸甜夹；
花浓淡香溢，蜂采蜜归家。

68. 花毛茛　　花团锦簇红，毛头硕花种；
茛蒡丛生地，清香自来风。

69. 亮叶鸠尾　　亮丽飞鸟羽，叶绿紫花煦；
鸠在林中栖，尾扬八面絮。

70. 荷兰菊　　荷堡异域香，兰亭古乐芳；
菊花瓣尖围，芯结籽金黄。

71. 丁　香　　丁花枝悠长，香朵四瓣张；
相伴几点绿，芯从口中扬。

72. 米　兰　　米黄溢清香，兰馨绿叶宽；
花上高枝住，林深洪泽乡。

73. 六出花　　六路缤纷彩，出水花盛开；
花繁绿叶小，香喷群英才。

74. 含羞草　　含笑绒球花，羞答触动侠；
草枝绒毛生，青苞叶缝夹。

75. 鸡冠花　　鸡鸣时分勤，冠红振翅兴；
花开文明家，枝叶擎天亲。

76. 康乃馨　　康佳粉红玲，乃至蜂飞勤；
馨香随风飘，花意呈娘亲。

77. 蝴蝶兰　　蝴拥彩花美，蝶舞成双对；
兰馨淡雅谷，花开向阳辉。

78. 春　兰　　春花三叶瓣，兰草绿条长；
清香幽谷飘，雅客雾中茫。

79. 贴梗海棠　　贴花层叠红，梗在花丛中；
海峡岭上眺，棠霓五彩虹。

80. 荷包牡丹　　荷铃一连串，包巾香四方；
牡丹洁白玉，花开绿中央。

81. 仙客来　　仙女着红装，客家情意长；
来时香伴君，花开满庭芳。

82. 白鹤芋　　白羽一扇花，鹤立叠字塔；
芋滑宽绿叶，花香向阳家。

83. 非洲紫罗兰　　非洲一堆花，紫三瓣花架；
兰馨绿团叶，镶边热带家。

84. 万年春　　万里青山翠，年盛日月辉；
春暖和平里，生机清香微。

85. 白　兰　　白玉瓣多姿，兰华风采织；
花蕊迎风展，香飘叶绿翅。

86. 宿根福禄考　　宿根红团花，福禄在人家；
考得状元第，绿叶映冠华。

87. 百子莲　　百里奚相花，子五羊皮侠；
莲朵洁白瓣，花盛秦时峡。

88. 彩叶草　　彩红金边夹，叶美赛朵花；
草根藏沃土，浑身霓裳挂。

89. 三色堇　　三娇欢媚笑，色迷醉熊猴；
堇待暖阳至，花香绕蜂巢。

90. 七彩朱蕉　　七天日夜红，彩叶傲长空；
朱门富贵枝，蕉芭阔叶丰。

91. 扶　桑　　扶苏公子佳，桑田秦时花；
五瓣朵儿红，绿叶日月华。

92. 马樱丹　　马奔绿茵道，樱朵团花娇；
丹红彩云飞，香诱蜂离巢。

93. 松叶梅　　松青岁月长，叶翠虚竹茫；
梅花福州开，隆冬彩花扬。

94. 满天星　　满地青草绿，天下心花聚；
星空明月藏，嫦娥下凡居。

95. 小五星红　　小花乐团聚，五瓣芯中趣；
星火叶上燃，红颜娇可掬。

96. 一串红　　一丛鲜花开，串联云天彩；
红烧绿叶盛，花香一路来。

97. 八角金盆　　八方阔叶张，角色锐可当；
金刚团结子，盆盛天下阳。

98. 圣诞花　　圣洁树花开，诞生万般彩；
花冠一品红，香风自然来。

99. 天堂鸟　　天空风云渡，堂前蕉扇抚；
鸟露枝干间，花藏冠中舞。

100. 鹅掌藤　　鹅向天高歌，掌舞绿茵河；
藤缠枝难分，花麻白籽乐。

2015 年 12 月 4—19 日

泉　眼

泉眼望苍天，喷流霎时闲；
咕噜几声响，无心浪花渲。

黄花月明前，五叶神侣现；
和尚闭目禅，通晓世间缘。

玩家浪花点，暮深黑林间；
独坐垒石旁，探觅水中仙。

2015 年 12 月 8 日傍晚

寒　风

今晨 6 点，送林府老人出殡有感。

寒风凄厉林中呼，
漆黑夜半山泉哭；
曾经人间八五载，
天上九日今飞渡。
森林霜雪，山中迷雾。

2015 年 12 月 9 日凌晨

雨 雾 中

雾蒙风雨中，八柱鼎苍穹；
远山楼外天，地上雨花恸。
松林城中陇，花待春时红；
隆冬寒侵衾，莫怨雨天风。

2015 年 12 月 9 日上午

休 闲

涌泉长假溜，乱石无水流；
往日童叟戏，暮冬露石臼。
刻石磊池虬，浅湾林草幽；
曾经鱼儿跃，岁末冷漠游。
昏暗灯火悠，树下躺椅休；
注意夜神光，晚宴黄金逑。

2015 年 12 月 12 日傍晚

雀 与 鸽

白鸽硕又洁，麻雀渺不屑；
同觅草中食，相处真和谐。
雀飞枝头歇，鸽在树上结；
俯瞰天下物，阳光芳影斜。

2015 年 12 月 18 日晨

观　战

昨晚观《鄂尔多斯风暴》有感。

鄂尔多斯风暴狂，冰雪草原内外茫；
漫天沙尘迷失路，血流荒漠深处干。

倭人来侵逞凶蛮，草莽辈出英雄汉；
苍天可鉴爱国心，一代风流笑江山。

2015年12月19日凌晨

快乐活

百年人生醒中过，睡时不知无奈何；
春草秋黄别样生，人生百岁一天活。

快活时分吃喝多，痛苦分秒受折磨；
节衣索食活着累，山珍海味肚肠摞。

人生一世为啥活？天上星斗遍银河；
华夏儿女亿万裔，干活快乐有感觉。

2015年12月19日晨

银杏之恋

在银杏树旁遇到拍微电影的男主角林一超，甚喜，相邀合影，为《银杏之恋》片花也。

银杏树高探蓝天，林中一靓跃眼帘；
海峡冬暖橙黄叶，涛歌痴迷杏花缘。

曾仰天成银杏悬，记得锦溪幽谷泉；
福州邂逅童星子，留作诗话杏叶篇。

2015年12月19日傍晚

张锡祜家书

昨晚中央电视台“新闻联播”介绍78年前的1937年，南开大学张伯苓校长的四子张锡祜写给父亲的一封家书。张锡祜是一位抗日战争中的空军英烈。当张伯苓收到儿子殉国噩耗，怔了许久后，对身边人说：“吾早以此子许国，今日之事，自在意中，求仁得仁，复何恸为。”他们的爱国情怀深深地震撼了我……

子与父，留家书，南开伯苓四子祜，
空军英烈恸天哭，蓝天忠魂舞。
子让父，牵肠肚，锡祜此子许国赴，
求仁得仁复何恸，世代国人度。

2015年12月20日

巫　山　游

应君妹之邀，作诗一首赞之。

巫山境内游，林深卧龙逑；
四朵美女云，鹅摇山路悠。
昨日牧童牛，海峡百姓酋；
挥洒彩虹飞，善为天下忧。

2015年12月20日下午

往　　日

昨夜星辰已尘封，今朝日明望晴空；
同在暗处时分度，何谓两日各不同?
李白明知月如风，明月难为今人逢；
往日风流太白醉，长江水倒银河中。

2015年12月21日凌晨

冬　　至

冬至天气寒，莫让耳冻伤；
医圣仲景舍，祛寒娇耳汤。
十月一早餐，温补体健康；
羊肉饺儿鲜，南方吃汤丸。

2015年12月22日冬至凌晨

冬　暖

夜漫长，天刚亮；
今日起，日渐长。
吾与君，携手蹚；
人生路，来春光。

2015年12月22日冬至晨

友画涛歌

姚来友，吾之好友，黄山画家，大气豁达。来友应邀将于2016年1月初来福州参加南开大学福建校友会20周年庆暨闽台校友论坛活动中的校友诗书画展。吾每日微信观来友弟作画，花鸟山水应有尽有，皆有鲜活奔跃之动感，实在赞叹不已。

饱含黄山蒙，拨开云天空；
点彩百花艳，挥洒万情种。

来友迎客松，海涛浪花峰；
福到怡山旺，南开诗画风。

2015年12月22日冬至

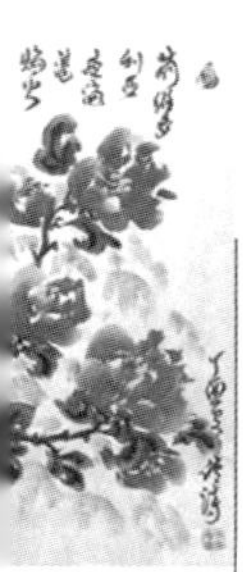

林　中　休

流泉如矶玉，感慨万千。

烟雨朦胧画中游，错爱山水林荫休；
微波寻觅湖中莲，诗在花前飞瀑流。

2015 年 12 月 22 日冬至傍晚

赵公铁拐游

网聊有感。

有钱飞天看彩虹，绕着地球到处疯；
贫居闹市温泉泡，花鸟丛林游画中。
赵公飞天骑彩虹，环绕地球四季风；
铁拐绿野温泉泡，花鸟丛林游梦中。

2015 年 12 月 22 日傍晚

三　角　梅

福梅无雪三角芳，花如焰火湖上燃；
烧遍天际彩云日，一泗红波连舟荡。
梅开四季笑嫣然，花红市井闹人欢；
无奈未逢诗画怜，文骚傲梅冰雪寒。

2015 年 12 月 22 日傍晚

画中游

花路入灌丛，楼在水天中；
美人刺廊道，三角花叠红。
树冠圆榕梦，幽径石泉涌；
雨林风方静，达摩坐禅榕。
感叹漫游翁，何故绕球疯；
奔波时分快，花在彩虹中。

2015年12月22日

蜡梅

蜡梅无畏冰雪寒，花上枝头心火燃；
身居福境温泉暖，待到芳季花溢香。
君有傲骨冷冰霜，孤芳情结梅枝上；
但见世间几分色，总在人前把眉扬。

2015年12月23日傍晚

平安乐

平安夜狂欢，主在醉人乡；
福开圣诞花，山川风雪茫。
博爱莫心慌，怨愤愁断肠；
但知天人数，日夜方舟扬。

2015年12月24日

寿

昔闻游公嘉瑞言："人间真美好，只是不长留。生死安足论，只把正气留。"又道："大家活到茶寿没有问题。"《说文解字》中说，米为八十八，杂为九十八，茶为一百〇八。吾细品味之。

米寿八八长，增十嚼杂粮，再拾茶香。
说文解字天方，春长秋黄。
天欲静，地在转。生存亡，万物一般。
鹤年苍松旁，老翁拄杖，冥思梦想茫。
忆秦皇，长城上。两千年风霜，岁月难忘。
李白杜甫诗传，明月广寒。红太阳，泽东唱。
忠魂舞，开慧春光。
人生论长短，玉帝天上日月忙。

2015 年 12 月 24 日凌晨

敬三教九流

我敬三教广宇茫，佛祖天地人间管；
基督拯救人类难，真主先知人道长。

我随九派入山川，一路奔流几道弯；
峰前谷底水穿过，浪跃涛歌总是欢。

2015 年 12 月 24 日午

圣诞节颂

上帝点圣灵，玛丽亚母亲；
博士寻帝子，耶稣头上星。
拯救苦难民，十字架上钉；
耶稣复活日，基督教盛行。
二零一五新，圣诞节日临；
老人送三宝，袜藏糖果情。
上帝爱子民，教主慈善心；
祈祷人间爱，世界享太平。

2015年12月25日凌晨

太阳红

昨夜风雨蒙，今日升泽东，
神州平安日，太阳中国红。

2015年12月26日

诗霸

千古中华文化盛，李白杜甫诗仙圣；
泰山绝顶望日出，泽东诗霸傲乾坤。

2015年12月26日

日　出

今日是伟大领袖毛泽东主席的诞辰（1893 年 12 月 26 日生），敬仰之至。

东方红出韶山冲，水塘屋前雾浓，
竹林葱葱，昨日何踪。
秦皇汉武随从，挥斥长空。
戎马万里风，运筹囊中，
中华重妆，血染江山一遍红。
天安门上笑容，人民喜相逢，亿万敬仰。
清平世界，普天大同。
金山侯门楼松。日照苍穹。
天生中华雄，气势恢宏。
千古诗霸，今日毛泽东。

2015 年 12 月 26 日

玩　球

豪迈万里地球圆，穷奔日夜上云天；
举杯邀得嫦娥醉，吴刚广寒难休闲。

君食四海山珍鲜，吾尝杂草河滨苑；
乐起舞动温泉花，日月欢歌乐空前。

2015 年 12 月 26 日

南开情怀

南开，学子心中的深爱。
只有昼夜相处，
才有日月星辉光彩。
百年南开大爱，抚育学子成才，
稚嫩感受阳光，允公允能继往开来。
跨越百年，回眸南开，
爱国奉献群英采，是你我间燃烧的爱。
恩师情，学子心，
只为一个中华振兴，日新月异热血灌溉。
一颗心，装满马蹄湖边的白雾日霭。
那里青春弥漫，积蓄学子激情胸怀。
南开新风采，母校藏心怀；
我们拥抱南开，
福州相聚，海峡春暖花开。

2015 年 12 月 27 日凌晨

梦　乡

夜深沉，梦三更，魂飞乡野山村。
风霜寒，冰冻天，泥腿造烂田。
多少年，知青梦，魄落林中草间。
万般苦，千行泪，难比长征艰。

2015 年 12 月 28 日凌晨

论 诗 兴

在网聊中收到泰自鸣（廖友秋）先生的诗评：兴是蒸韵，心是侵韵，行是庚韵。三个字不在一个韵上，故仁兄之诗不符合近诗了，平仄也有讲究。韵脚参考《诗韵合璧》，填词参考《词林正韵》之书。吾感慨之至，回复道：

古人诗吟，冬眠春醒；
银河渺茫，屡现新星。

诗在心灵，我路我行；
古人诗韵，今朝时兴。

2015 年 12 月 29 日晨

兴 游 诗

打油诗郎强，涌泉雄鹰冠；
何谓平仄律，携来李杜判。

三皇五帝茫，中华出蛮荒；
唐诗宋朝词，君落魄孙山。

2015 年 12 月 29 日下午

元　旦

银羊年关奔月急，金猴迎春驾云凌；
帝子人间贺新岁，欢庆元旦乐第一。
去年依稀笑梦里，今朝醒来天尚漆；
起早摸黑闻书香，诗在凌晨旭日礼。

2016 年 1 月 1 日凌晨

新　年

清新人间，平安中华年。
乐在福中笑温泉。
元旦蝶舞花前。
人生如梦随缘，富贵清贫莫嫌；
塞翁马上寻宝，涛涌海风浪天。

2016 年 1 月 1 日上午

投　亲

携妻带女动车行，一路海谈彩虹兴；
窗外风光山水楼，站到南靖辉芬迎。
万家豪居宴嘉宾，歌唱东渡台海情；
勋敬纯良五世祖，中国梦圆年华新。

2016 年 1 月 3 日晨

源脉乐

福在逍遥津，源脉温情，泉花浪心。
闽王驾雾，龙腰浴汤兴。
瑶池迷恋，姹紫嫣红，共沐热腾云。
泉眼密布，灯火点晶，浸泉神晕。
廊道幽灵，古诗轻吟。
花藏林中，草卧泉滨。
浴女沐男，异样羞遮掩。
合家同游，欢歌笑梅，
夜半观星，心醉难眠。

2016 年 1 月 3 日

丝巢

春蚕作茧忙，早起睡夜半；
门里虫缠丝，灯下笔耕桑。
河滨流水弯，水中日月转；
榕须间丛生，海路有多长。
闽都乌山上，酢公九君冠；
永泰云峰顶，苦笋嘉瑞扬。
六龄童还阳，紫云渡十三；
十年万丝巢，涛歌海天宽。

2016 年 1 月 3 日

寿宁栈道

青山墨绿水浓颜，一架栈道贴崖边，
探花赞美寿宁好，涛歌南靖慕山巍。

2016年1月3日晨

和贵楼

和贵楼前数百年，南靖客家进士贤；
世代同居五层乐，五洲仰望四方天。
土楼双井清浊泉，廊前客女金梅莲；
品茗清心文辉照，云水谣歌海虹缘。

怀远楼

怀远楼内斯是室，北伐相助我义师；
匾上民国何应钦，新桃旧符百年史。

2016年1月4日凌晨

羊奔猴急

银羊如云飘，挥洒自逍遥；
金猴欲来急，桃花待春笑。

2016年1月4日凌晨

云　水　谣

昨日午后携妻女到南靖土楼云水谣。溪畔两棵古榕颇有灵气。“云水谣”碑立于古榕树下，为全国政协副主席、漳州人张克辉所题。对面有“游家茶店”，特感亲切，店家游锦盛热情沏茶招待。相伴虹弟和文辉宗亲，又见虹弟五言诗作，各抒心怀而和之。

云水谣克辉，溪边古榕魁；
对街茗茶游，锦盛客家归。

水天云山微，流影水车回；
溪岸汤边游，歌梅日中辉。

2016 年 1 月 4 日凌晨

雨　中　行

晴雨常相伴，温泉红绿伞；
路在花丛中，水珠连天扬。

日夜随时暗，灯火湖上亮；
树边行椅空，倩影深处长。

2016 年 1 月 4 日凌晨

第三届海峡民间文化艺术节晚会

昨晚盛会空前，活动的总策划是岳勋兄，同宗台胞精英也。《东渡》《中国梦》（游海涛词，游歌曲）由汤黎虹、游海涛、游歌、《星光大道》歌星及评委等合唱。晚会到深夜方结束。

海峡欢腾今宵夜，三届民间狂欢节；
台北桃园峨眉村，闽南语浓歌舞邂。

星光大道颂孔学，太极剑拳功夫绝；
刀架脖上汽车拉，五官钉入刀腹切。

南靖纯良岳勋杰，呼得九州龙腾跃；
东渡欢唱七仙女，中国梦飞五洲越。

2016 年 1 月 4 日凌晨

海峡盛会诗赞

海峡三届艺术节，两岸民间欢乐夜；
台胞岳勋会长牛，中华才艺南靖乐。

游歌涛诗真心写，留住铭文仰豪杰；
人生最爱春光好，相聚平安好世界。

2016 年 1 月 4 日中午

百花行

昨天下午2点半，我与学妹美娟接来友咏飞夫妇，他们是专程来参加南开校友诗书画展的，欢喜之余，聊侃到夜深归，晨起赋词一首为念。

黄山来友咏飞天，携来瑶池百花仙；
背上风光千般好，云雀鸣，
山水云，凤凰涅槃福中情。

南开欢聚海峡兴，闽台会上来友亲；
海诗浪漫兴游体，风云起，
重霄里，飞来朱雀鸿雁行。

2016年1月6日凌晨

凌晨

今日在何方，早起时分忙；
摸黑天外路，亮处点星光。

凌晨天最暗，晴雨两迷茫；
未闻鸡啼晓，书生游诗长。

2016年1月14日凌晨

云 峰 游

朵朵云团，点点时光，耕读亭前话长。
瑞公云峰数群芳，大樟溪，山水流淌。
风风雨雨，花草林莽，立雪书院藏香。
理学千年夫子唱，游学至，海天扬帆。

2016 年 1 月 16 日晚

游　　学

游学孔子始，周游列国忙游学。
程门立雪游，南宋朱熹兴理学。
武夷登天游，水云寮酢传游学。
永泰云峰上，嘉瑞苦笋颂游学。
游学游学，中华国粹兴游学。

2016 年 1 月 17 日晨

酢 公 游

情上远古周王游，血脉通九州。
几多志士风流，归乡愁，酢含留。
程门雪，理学求，闽都酢，乌山塔休。
游子奈何，亿万天逑。

2016 年 1 月 25 日凌晨

夜　静　盼

夜，漆黑长空熬到今，
天未醒，冷寒待天明。

静，纯白诗书堆成岭，
人未知，温暖待仁心。

盼，透亮世界早来临，
日未出，风雨待天晴。

2016年1月25日凌晨

樱　花　红

最冷樱花红，榕处寒冬中；
九州遍地雪，鼓岭雪花风。

日晒温泉融，人如花前蜂；
衣垂鸟羽轻，花娇御夜冻。

吾趁暗朦胧，划亮天苍穹；
冰冷冻疮手，滴血画彩虹。

2016年1月25日晚

远　天

远游天外山重山，雾雪路迷茫，足迹残。
悄悄泪洒莫张扬，红似血，西山层林染。
峭壁惊天浪，山在海边断，入汪洋。
莫道海水山中来，江湖深，难得海样宽。

2016 年 1 月 26 日午时

名居士

天地乾坤转，豪门多逃亡；
浮财携海外，名宅贫户藏。

岁月花甲黄，贫富悬殊长；
敛财遍天下，琼华天宫灿。

生死命中相，财富万代传；
东晋司马惊，羲之书中王。

2016 年 1 月 27 日晨

风　雷

一波春潮风雷动，自有暗香百花丛；
舞得天地春焕发，遍地白丁描画红。

梦济南

昨济南来微信，素平妹欲请老会长到济南举办第四届海峡两岸民间文化艺术晚会，邀我助之，吾欣然应允道：好啊，“中国梦”是一个一个串起来的，其中有你的，我的，还有他的……

淮海风雪迷，长空战魂凄；
血雨腥风夜，相离七十疾。

台海风和丽，两岸同台戏；
四届唱济南，涛声岳泰祈。

素平猴春急，蟠桃王母喜；
孔子曲阜弹，中华梦共圆。

2016 年 1 月 29 日晨

鸟人缘

鸽食众人前，雀挤鸟人间；
鸟为食而欢，人逗鸟儿闲。

同饮福中泉，大小鸟人喧；
莫道个大好，量大鸟人天。

2016 年 1 月 30 日上午

哭 母 泪

凌晨见中华两岸贸易协会秘书长马光星发来的催人泪下的哭母祭文，吾也想念娘啦……

哭母留肠泪，出生未知悲；
啼时奶中吮，笑在怀里偎。

幼小吾母累，风雨劳未归；
送伞浮桥渡，儿顶满天雷。

吾母口中胃，饭少剩菜堆；
留好儿女肠，家贫母爱微。

儿行坎坷路，母为儿心锥；
儿走顺风道，母在心中慰。

哭母命垂危，驱车星夜追；
一路风声疾，母命黄泉归。

屈子十六垂，母在天际窥；
天上万般好，莫如人间辉。

2016 年 1 月 30 日凌晨

湖 边 游

傍晚湖边漫步，有感。

湖中楼外天，林木花草闲；
悠然湖边踱，水深鱼儿潜。

微窥天外边，食客席中喧；
精采进口忙，肠肥肚儿扁。

灯火杆上悬，燃着闪光线；
悄然轻身跃，入水会狐仙。

2016 年 1 月 30 日晚

湖 莲

水中探花藕丝连，一团迷雾罩中天；
晨露怀珠蒲上坐，莲中心，
棱角尖，近水荷花朵儿鲜。
天上浮云月钩链，一串暗恋梦岩前；
旭日荒鸡林中困，荷上湖，微波绵，
远山海上涛心漩。

2016 年 1 月 31 日凌晨

花 影 红

放马山水绿草间，晓丹画外道箴言；
花影未见风景好，人如花红藏心田。

2016 年 1 月 31 日午时

夜 空 茫

夜空天际茫，暗淡月无光；
嫦娥宫门闭，星在何处藏？

2016 年 1 月 31 日晚

摸 索

黑暗中摸索，生命在漠河；
早起星无光，晚睡月冷清。

冬寒冰雪卧，漫游在荒漠；
天长日不出，地茫岁蹉跎。

探亲浅滩过，寻路深夜摸；
闻觉梵香弥，寺院未来佛。

2016 年 2 月 1 日凌晨

浮云游

心如浮云游，何时落雨流？
江湖海样深，天地人间愁。
梦到天涯休，魄落沧海留；
风啸浪涛起，雨暴震天吼。

2016年2月1日凌晨

寻亲路

茫茫寻亲路，风在路边哭；
利欲熏至亲，徒劳无故土。
点点诗墨涂，生在人世浮；
岂敢脱凡尘？负重难超度。

2016年2月1日晨

美言

上天颁大奖，俗世无超凡；
不在风中过，草在崖上长。
海到洋面宽，涛在浪中喊；
美从心里发，舞在富屯扬。

2016年2月1日晨

诗书画缘

刚从利剑老师的微信中得知南开大学沧海普原禅宗暨南开大学书画艺术与美术研究中心北京创作基地在北京挂牌成立，甚感欢欣。就有一点不解，沧海颂书画艺术没有诗字，吾认为：书法，是技巧；绘画，是艺术；诗歌，是灵魂。三者相融，方是中华美学艺术之精华。

无诗难言书，无画难意情；
诗情画意美，书画诗为精。
南开高师弄潮起，诗心画技书一体；
书画技艺诗生灵，中华诗书画大气。
沧海普原禅，南开书画风。
北京艺苑开，美学高人峰。
艺术研究深，诗情画意逢。
但得蓬荜生，辉耀九州彤。

2016年2月1日晚

过　年

在南开大学福建校友群中聊天，中建弟有令：你先来一首过年诗，含天上人间。吾欣然奉命而作，权为抛砖引玉。

天上王母瑶池宴，蟠桃琼浆歌舞翩；
人间送羊迎猴暖，万家欢喜乐团圆。

2016年2月1日晚

四　方　神

玉宇琼花四方神，财理门户，朗朗定乾坤。
沉浮沧海山水经，天南地北异样人。
风雨寒冬楼上春，猕猴六顺，丽梅子临盆。
欢乐相处大小乔，百金珍贵赠士绅。

2016 年 2 月 2 日凌晨

天水行舟人

陌路同根生，天水行舟人；
钱塘浑浊浪，荷花湖上纯。
风狂卷黄尘，无晴茫然神；
途觅八方财，晓日见乾坤。

2016 年 2 月 2 日凌晨

佳　　肴

刘备草履儿，唐僧佛经哥；
土豆牛肉档，番茄红特色。
张翅后羿飞，关羽关中乐；
猴孙长空舞，土豆番茄赫。

2016 年 2 月 2 日晨

贵 州 游

灵在心中动，魂随舞弄风；
君在灵山住，何不诗来逢？

吾诗随风送，好字如米虫；
广发影中人，游诗太白梦。

贵州游瀑流，遵义唱红楼；
茅台酒一盅，诗书鸣寺钟。

贵州山岭高，名士峰顶瞧；
飞来唾沫星，炸碎浪花涛。

2016 年 2 月 2 日

诗 笔 功

千万别言功，法力手中松；
握笔迎客来，诗会天都峰。

福居三山中，温泉龙脉逢；
常在榕荫下，把须歌舞风。

2016 年 2 月 2 日午后

家国娇

美在心中自然好，球挂天空风云绕；
莫恋海阔天涯远，情系家国心花娇。

2016年2月3日晨

大家

昨夜应葛清弟之邀入艺歌微信群，惊叹群中一色高人大家也，遂诗一首。

葛清一色大家人，
艺术真，风光红尘。
超凡脱俗功难成，
食烟火，桑田耕，精气神。

阵阵风雨声，
擂台吼，花落几轮？
茫茫人海藏贤圣，
风云渡，半山间，兰谷深。

2016年2月3日晨

郁　金　香

福州温泉公园郁金香开，有感。

郁郁心中花，金钱年前发；
香自盆中溢，温泉冬春嫁。
岁寒冷月牙，含苞无惧怕；
娇乃舶来种，榕团锦绣家。

2016年2月3日晨

玉　楼　春

春意融融暖人间，楼在水旁丽人闲；
昨日还在寒冬里，夜上琼瑶立春苑。
风雨未缪情难圆，天色渐亮钩月悬；
驾车奔驰银行道，摘得玉佩挂胸前。

2016年2月4日晨

奇　　仙

岁月倒数老父年，风华一十九春天；
儿诗年关过年唱，父卧安享善奇仙。

2016年2月4日午时

建　　英

昨天网聊，见学妹建英影集光彩照人，真可谓徐娘未老也。遂诗赞之，晨起而书。

碧莲飘海天，英采为友萱；
富屯紫云水，影像妩婵娟。

2016 年 2 月 5 日晨

归　　乡

岁末钩月归心箭，福中儿女寻亲缘；
岩前慈母紫云父，珍惜娘，父耄耋，
春节人间乐团圆。
朝奔故乡一路远，榕城花潮温泉天；
山间老母溪边父，孝心虔，仙人天，
千金难得儿孙贤。

2016 年 2 月 6 日晨

百年人生

百年人生日月转，睡过醒活快乐长；
早起摸黑天渐亮，生命时分最灿烂。

2016 年 2 月 6 日午后

过　年

千里越山川，闽江溯源上；
紫云越王台，老父富屯旁。

金鸡惠应唱，人间天色暗；
匆忙过往客，相逢在年关。

大小一家乡，老大福中荒；
思母天人别，父在儿心藏。

年关铁城上，人间亲情茫；
孝心金钱度，勤耕报恩郎。

2016年2月7日凌晨，邵武

熙　春　山

熙春朝阳梅花萱，海随江上紫云天；
山下鞭炮满城响，六嘘高啸游子闲。

越王台前松轩间，石人相亲游诗缘；
德政堂内金鸡唱，石破天惊太白年。

2016年2月7日午时

猴春初一

金猴报春震天响，紫云富屯铁城扬；
李纲严羽悟空乐，满天星辰浩宇亮。

春暖人间通宵欢，家和快乐幸福藏；
初一早起追梦人，日出东方照人寰。

2016年2月8日晨

凌霄花

林茂丹与肖家玉夫妇是吾数十年老友，而今其女依洁留学澳大利亚攻读硕士研究生而归，定居上海。相见欣喜，合影留念。

林中丹玉女依洁，越王台前荟萃携；
熙春紫云凌霄花，富屯精英上海杰。

2016年2月8日，正月初一

猴春拳

为程惠挺先生舞猴春拳而诗作。

程氏猴春拳，惠普温泉兴；
挺拔劲榕舞，八十须更轻。

2016年2月8日

红

细看昨天女儿歌在熙春山上的照片，有感而诗之。

红，一朵红花飘林中，
春光倩影重，山道步步风。

红，一条红巾暖阳中，
春妩千金拥，亭阶熠熠烘。

红，一衣红衫欢笑中，
春色娇正逢，游歌曲曲红。

2016 年 2 月 9 日，正月初二，清晨

笑

笑，俗世迷茫沙尘暴，
春藏野山坳，清风钱隆渺。

笑，海上风浪拍崖啸，
鱼沉海底游，浑暗自逍遥。

笑，天际浩瀚星光耀，
仙家瑶池舞，灿烂辉煌照。

2016 年 2 月 9 日晨

龙　咏

昨夜与金强、黄龙二弟茗茶夜话有感。

春夜蒙蒙瑶池潮，紫云强龙海浪涛；
曾经铁城寒冬渡，熙春野风富屯樵。
严羽沧浪溪中钓，李纲登高望宋朝；
千年风流香樟老，一壶茗茶话春宵。

2016年2月10日凌晨

邵武名人

李纲汴京保卫战，起用岳飞征蛮荒；
少时晨读紫云畔，千年沉睡福中山。
严羽垂钓观沧浪，樟荫码头捶衣娘；
贤智赐贵群英荟，今朝邵武更风光。

2016年2月10日

百岁人生

百岁人生一天过，睡着不知醒时活；
快乐开心时刻载，寻得星语赞银河。

2016年2月10日深夜

大叔与小叔

昨天到大叔、小叔家拜年，大叔九十高龄卧床养生，小叔八十有三精神抖擞，有感。

人生九十绅，床上时光存；
激情江河日，大叔戎马生。

八十三精神，微信笑童贞；
履轻踏沧浪，小叔道义纯。

2016 年 2 月 11 日凌晨

城　中　堡

昨晚一家人赴茂丹、家玉家宴，有感。

富屯溪畔楼，紫云城中堡；
丹玉依洁婧，山在隔岸瞧。

海浪奔波潮，香随歌风飘；
夜观沧浪阁，金鸡报春晓。

2016 年 2 月 11 日凌晨

春　唱

春宵瑶池上，相聚星光灿；
香醉维也纳，恋歌痴情唱。

涛歌曲自然，琪擅日本腔；
琳琅满目新，咏春堂前欢。

2016年2月11日凌晨

万米隧道

万米隧道节节深，三丈天空瞬间昏；
神仙难觅时光洞，金猴银针探乾坤。

2016年2月11日中午

河滨清舍

小桥流水晋安河，两岸翠榕栈道涉；
梅藏家园香自溢，福万通前无雪泽。

俗道常寻高档车，长空鸦雀别墅乐；
荒鸡啼时天尚暗，夜半庄子入清舍。

2016年2月12日清晨

网上清谈

天方夜谈情，网聊满天星；
明月窗前过，四海浪花新。
瞧点天机令，跃然指谈心；
品茗天下事，家酿独自饮。

2016年2月12日清晨

水　花

我是沧海流浪的水花，漫天地寻觅；
你是山上飞泻的清泉，激情地跳跃。
穿越时空，你在瞬间绽放；
昙花一现，我辉映在你的心田。
沉重的暗恋，让我茫茫无边；
化作惊涛呦，和你一起飞天。
纯真的情意，荡漾出无穷的圆圈；
历艰难险阻，你欢笑在浪尖。
你在水云天，舞动着我的翅膀；
我在汪洋中，拥抱着你的悠闲；
亿万年的浪漫而过，还未能认真欣赏；
此刻凝聚在一起，北极是冰水花的明天。

2016年2月13日清晨

泉港之夜

看见侄女琳在泉港的夜景影照，即兴而作。

海湾琼楼水漾花，扶栏淑女琳琅佳；
挥戈铭记奋发志，夜上泉港温馨家。

2016年2月13日晚

情人贺

走近情人河，沐浴仙人乐；
西天悟空纯，八戒天蓬折。

唐僧爱人舍，悟净心奈何？
日月一天回，百岁人生得。

情人路沼泽，爱人心底热；
牛郎千斤担，织女鹊桥瑟。

今宵思嫦娥，云飘月尖涉；
西方疯狂夜，东土藏经阁。

2016年2月14日凌晨

情人节来历

网上见《情人节的来历》，是个美丽惨烈的故事，那是在公元 270 年 2 月 14 日这天，瓦伦丁因宣扬基督教被处死，而爱他的盲女刚复明，却在当天为他殉情在坟前。没有浪漫，而是悲惨，这就是情人节的来历。

瓦伦丁宣基督主，罗马监狱当囚徒；
狱长女儿盲十六，启蒙布拉丁村路。

奇异草治亮双目，壮丁惨烈花殉墓；
二月十四情人节，彻夜疯狂情人舞。

2016 年 2 月 14 日午后

碧　春

晚宴在金仕顿酒店二楼贵 8 厅，蒋院长从北京来，禄英夫妇、倪总、吾家三人等参加。而后罗马会所闲聊，碧大师等光临。有感。

金猴春宵宴，养生奉安全；
禄英倪总梅海歌，情人分外乐。
罗马逢时碧，相见曾相识？
浪迹天涯漫天舞，时分风雨渡。

2016 年 2 月 14 日深夜

东连游子

福清海滨东连游，半岛仙山宝地虬；
两百余村六百万，祠堂皇，
酢公赞，海外数百游子强。

生平双博壮儿郎，意大利游百余商；
钦贵明华风光美，国外村，欧美洋，
游族福清万众悍。

2016 年 2 月 16 日清晨

年　会

福建省姓氏源流研究会暨福建省历史名人游酢研究会年会在福清市创元千禧大酒店进行……

游酢千禧年，两会福清缘；
固始中原伟，富陇入闽源。

瑞公群英贤，八闽游学宣；
教授雄论坛，东连四海天。

2016 年 2 月 16 日下午

游　学　赞

孔子周游列国忙，游酢程门立雪传；
朱熹集成理学道，平安中华雄论坛。

百万游子勤奋强，五洲四海亿万商；
海峡游学云峰起，古今圣贤游学赞。

2016年2月17日晨

夜　　花

花自暗处香，光照眼前靓；
夜深花无语，寒星伴冷芳。

灯红一连串，郁金香清淡；
水仙浓厚道，亮光凡尘茫。

2016年2月18日晚

莲　　心

遇湖南冬妹子，特致诗莲子。

冬莲春籽香，藕丝湖湘荡；
三福莲心圆，海峡浪花欢。

2016年2月18日清晨

冯宅拜年

猴春十二早拜年，故乡冯宅表姐贤；
回乡母育五男女，膝下绕孙三十添。

二十年前冬雨绵，龙眼树下儿歌喧；
九凤藏玉梅枝上，金山集美江海天。

2016 年 2 月 19 日，正月十二

晨　　鸟

窗外天地暗，晨鸟啼声传；
昨夜空腹窠，早起寻路茫。

楼间林荫藏，流水一路黄；
待到天亮时，鸟人方可忙。

2016 年 2 月 21 日凌晨

阅　　览

阅，万卷藏书几人览，屋空荡，学子夜游茫。
阅，千般道理纸上谈，经纬乱，教学实践难。
阅，百业方艾铸钱商，潮汐涨，经论马上黄。

2016 年 2 月 21 日晚

乡　恋

岩前蛟湖玉荷娇，元月十五观音潮。
福中温泉湾边渡，风雨缈。
海浪滔。月圆海天庆今朝。
曾经汀江桃花村，一片痴情山里存。
银鼠偷月甜消夜，龙杯影。
梦仙境。猴春正月元宵晴。

2016 年 2 月 22 日晨

元　宵　渡

元宵月圆灯迷人，有影无形玉壶春。
春到猴年桃花梦，灯照松林月落魂。
满城桃红樱花乘，遍地笙歌夜游神。
流芳不知渊明处，唐寅寻香探花灯。

2016 年 2 月 22 日晚

春夏秋冬

春涌千顷浪，夏乘万里船；
秋载黄金果，冬藏亿万仓。

2016 年 2 月 23 日午后

十　六　雨

夜雨跌落满星辰，凌晨未见月儿铮。
人间还在元宵睡，太白早起十六冷。
观音渡海诗经魂，唐寅闻香醉天成。
渊明梦里桃花流，海涛浪礁惊天神。

2016 年 2 月 23 日，正月十六

诗　　歌

诗能吟，亦可唱；引颈高歌曲一丈，
吾诗吾情吾心荡，管他东西南北腔。
歌可谱，亦能弹，张口唱曲诗歌传，
君子君心君德行，诗歌日月天地长。

2016 年 2 月 24 日晨

闽　　都

南后街上古巷黄，葛家知青深道弯；
堂前高墙一方天，难觅八闽青草荒。
海峡潮涌上闽江，闽都三山温泉乡；
银河浩瀚春秋月，云上高岭林海茫。

2016 年 2 月 24 日

夜 癫 狂

昨晚到瑞公6楼家，因底楼锁住，门房指点从旁道上天台绕道至，叔侄聊侃到10点而别。早起以诗为记。

夜走旁道上天台，跳入瑞公六层开；
神雕微观摩崖石，落笔竹花苦笋栽。
游学天下人间才，秘书省处山林海；
风传窗内癫狂诗，春秋冷暖花骨埋。

2016年2月25日凌晨

造 富

造富自家子孙财，千古皇天枯骨埋；
产子无能泡财坑，司马东晋轿车哀。
比尔盖茨居海外，亿万横财天下爱；
英皇王子甲板士，东方日出西天彩。

2016年2月25日凌晨

金 猴 乐

雪蓉说：您是终极世界才子……

北极熊出没，南极呆企鹅；
中极龙腾飞，金猴天空乐。

2016年2月25日上午

晒　　春

圈椅围绕秃树间，热带丛林福州绵；
花生盆中芳心跃，多彩风姿惹蜂喧。
春藏秀色涌温泉，霜花鹤立鸡群旋；
昨夜还是春雨冷，今朝暖阳晒半天。

2016年2月25日午后

酢　公　贤

酢公仕途数十载，颠沛流离含山埋；
七子无力扶椁还，千年清明故乡来。
武夷山上天游霾，水云寮内理学台；
茶道深处清泉涌，百万游裔八方才。

2016年2月25日午后

人　月　圆

月儿尖刻貂蝉寒，光阴分秒转。
早起午睡，痴人梦短，人月圆亮。
一缕春光，几多愁肠，楼前树上啼鸟喃。
叶下榕须随风荡，明日江海歌远航。

2016年2月26日午后

花　娇

风雨娇花怜，童子举足擒；
蘑菇伞下藏，榕旁水楼影。
水仙香浓侵，冒雨漫步行；
温泉胡乱转，太白心凋零。

2016 年 2 月 26 日傍晚

游　学

游学马背论精英，诗书无价日记心；
孔丘克己复周礼，子游裔孙立雪情。
酢公含山归清明，麻沙七子四海兴；
长乐仙桥到冯宅，嘉瑞本家在振亲。

2016 年 2 月 26 日深夜

诗 词 会

看完央视十套播出的《中国诗词大会》，有感。

中国古诗青春会，铭记历代诗词瑰；
多少高智诵经书，留得几首后人追。

2016 年 2 月 27 日晚

奔　忙

人生活奔忙，花开始芳香；
天地日月累，山河入海茫。
春暖痴情缠，夏酷风暴狂；
秋后算细账，冬藏几多粮。

2016 年 2 月 28 日午后

花　中　刺

花中刺，美人刺，锐利坚韧霸王势。
尖尖锋芒嘶。
参天枝，群芳姿，春光妩媚貂蝉侍。
朵朵笑人痴。

2016 年 2 月 28 日傍晚

画　中　人

温泉湖边见一群人画画，有感。

人在画外画湖景，树待远处水中映；
草丛群芳学画路，浮云蔽日天道阴。
生来画笔绘画影，未见路人画中行；
花群香溢擒不住，吾心乘机藏诗吟。

2016 年 2 月 28 日晚

夜 漫 长

夜黑数颗星亮，月儿半，人间天上？
花草未见树暗藏。人休想，户外月，嫦娥凉。
静静窗台盆，仙球刺，几束吊兰？
默默相守夜漫长。瞬间光，心豁然，星球撼。

2016 年 2 月 29 日凌晨

时 光

今从暗起始，日到黑为止。
明复黑到暗，何人乱朝旦？
日长廿四时，秒短瞬间逝。
富难多分长，穷无少寸光。
吾生醒人世，勿恋睡梦滞。
早起黑到暗，少睡时光攒。

2016 年 2 月 29 日晨

金 茂 亮

太白天下楼，山在雾中露；
人间睡方醒，未闻海风吼。
深圳藏金茂，和畅群英游：
闽江携珠海，相汇兴洋流。

风　评

网友风无影见到我的《阅览》，说：清照阿姨，快来评评咱涛哥作的词！我即兴诗之而书。

风无影清照无形，涛有心礁石留情；
君之爱浪花飞跃，吾领命风清照影。

2016 年 2 月 29 日深夜

约　谈

圈树靠背谈，风吹牛马猴牵羊。
秃枝碎阳求生望。暗送，不为作秀虚声张。
君子德行端，百元钓誉太荒唐。
天下游子心向善，救难，八方齐力生机亮。

2016 年 3 月 1 日晚

股　涨

欢欣见股涨，山鹰纸倍翻。
九元四抛心情爽，醒来醉犹酣。
三载不太长，两成留本山。
莫怪早起天色暗，月光伴吴刚。

2016 年 3 月 2 日凌晨

南　开　人

凌晨早起，4点多收到南开大学校友升恒师兄从美国发来的信息……

晨起点赞南开网，
恒兄微询，何事要帮？
福州方才四点半。
君远居旧金山湾，
中美两国，早晚各半。
南开人爱桑梓芳。

2016年3月2日晚

北　门　夜

猴春紫云北门暗，悟空斗牛起庙堂；
火眼金花八卦图，麾旗未见星空藏。

金鸡山前李纲站，富屯流水严羽忙；
腾云驾雾夜归子，昭武墙楼少一砖。

2016年3月2日晚

美　女

在朋友圈见雪蓉赞四美女：不仅高贵，而且典雅，终极世界女神。吾有感而发。

西域四美高雅典，中华美女满天仙；
貂蝉西施虞姬舞，贵妃醉酒武则天。

文成进藏，昭君戍边，华夏文风和亲缘。
何为终极？美德才智，世界中原。

2016 年 3 月 3 日晨

和　畅　园

数日前收到深圳涛弟发来大鹏老总的和畅园博物馆开张庆典邀请函，万分感谢其盛情，今以诗贺之，以表谢意。

新涛传来大鹏唤，和畅园博盛开张；
深圳天下财团聚，海峡涛歌沐艳阳。

春风和暖喜气扬，福中英雄豪杰广；
心随诗书谢美意，贫居闽都寓晋安。

2016 年 3 月 3 日午时

员 外 宴

昨晚平弟在福州福新中路朋手宴请南开校友芝钦、虎翼、吾及陈总等。

员外设宴天朋手，南开小聚春月楼；
福地生华各风采，天南地北勤运筹。

虎奔东欧遍地游，平渡日本报世仇；
芝香三代精英传，涛声嘶语生莫休。

2016年3月4日凌晨

红 马

看见朋友圈欧阳盛芳女士的九马图及《胡马》诗，特红特美，和诗一首以助兴。

红马，红马，远山红日云蹄踏。
狂风跨霞遨崖，一马登高远大。
知足，知足，足下红遍天涯。

2016年3月4日凌晨

畅　飞

深圳宗亲鹏兄的和畅园博物馆6日开张并举办典礼，吾受邀参加，明日将与雄哥、龙哥同车前往。开心之余，赋诗一首为记。

龙腾广东深圳瑰，雄鹰展翅鲲鹏行；
和畅博物天下贵，涛涌浪花朝日兴。

曾渡沧海沸腾水，踏破山川百丈冰；
飞驰直上中天耀，金海浩瀚满天星。

2016年3月4日午时

春花木

三人日和春，鲜花遍地盛；
暖风艳阳照，老少爱花神。

花上树美人，数球吊空愣；
孤枝朝天张，根上围闲人。

日月转乾坤，风流入林深；
春光无限好，青黄精灵魂。

2016年3月4日傍晚

梦　　游

今日将启程去深圳，参加宗亲鹏兄的和畅园博物馆开张的庆典活动。晨起有感。

梦中游群星，鹏翔畅博兴；
彪炳三金矿，辉年十亿金。
雄踞金山鼎，东连海外钦；
游医遍天下，山涧游通行。
游学云峰顶，瑞善苦笋吟；
功勋多建树，纯良三歌亲。
酢公百万英，立雪满天星；
游学孔孟儒，中华游文明。

2016 年 3 月 5 日凌晨

燕　子　岭

燕子岭上祥云巍，山前喷泉金茂辉；
天下游子精英聚，深圳大鹏展翅飞。
盛宴文化财富汇，相遇名流旧识瑰；
新贵曾在网中聊，挥笔绘得九天醉。

2016 年 3 月 5 日上午

深圳行

我与雄、龙、峰等四人一行今晚到深圳，参加鹏兄的深圳和畅园博物馆开张典礼暨中华游氏深圳文化经贸会，有感。

雄峰腾龙海天飞，一路风光时分随；
大鹏深圳博物藏，文化经贸聚英魁。

回眸人生拼几回，几渡沧海桑田归；
金山祖辈长乐来，今朝遍地黄金堆。

吾欲借得浪花水，披星戴月乘风追；
万里丝路海天涯，东方太白溯朝晖。

2016 年 3 月 5 日晚 20 点动车上

夜深圳

子夜深圳鸿儒接，闻鸡入住金茂歇；
新涛壮观晓辉映，千年缘，
闽粤行，鲲鹏遨游海天界。
晨起眺望红尘雪，满天星光楼下月；
双龙相伴浪花眠，雄峰顶，
仙人亭，朝日博览五洲烨。

2016 年 3 月 6 日凌晨

风　云　渡

夜宴悠，风云游，和畅醉酒。
各路精英神采方遒。
浪漫星，辉远寰球。
猴闹春，专情何求，三眼中天莫愁。

风流，十分风流；
浪击岛礁，海潮涨退难留。
浪淘沙，浅滩奋斗。
深圳卧龙藏虎赳。
浓雾羞，涛新勋旧。
叹光阴无嫁，杯影深究，福中乐游。

2016 年 3 月 6 日晚，深圳金茂酒店

晨　　思

夜无语，花儿鲜，满天星斗伴君眠，
户外冷清天。
天昏暗，地回旋，一层迷雾藏月仙，
天上嫦娥闲。
室内光，灯明亮，大小苍龙梦故乡，
玉兔屋正鼾。

2016 年 3 月 7 日凌晨，深圳金茂酒店

赠学友碧莲

海上碧莲家，梦游板田榻；
万科五凤园，深圳品茗茶。

富屯紫云霞，漫游沧浪侠；
越王台草青，六嘘高啸塔。

惠应金鸡嫁，海边数浪花；
层层天际来，福中涌泉华。

2016 年 3 月 7 日凌晨，深圳金茂酒店

晨　　梦

吾与龙兄同居一室。

龙君语瞬间，璋回梦中甜；
娇妻延边榻，坤儿唤爹前。

时空异地天，东北雪峰巅；
长白游始祖，深藏人参仙。

2016 年 3 月 7 日凌晨，深圳金茂酒店

寻　　岳

当年游酢十四世孙游德标将军带兵打日本人，一直打到台湾，他的儿子常亿留在台湾，如今我们无法找到他。吾想请岳勋兄询查后告知，而一夜难寻岳兄。有感。

共宿深圳金茂园，一夜难寻岳问天；
东连抗倭德标将，台湾可有常忆田？

朝起日归两地间，信息可见忙帮闲；
若得对岸海风信，潮起涛歌赞岳喧。

2016 年 3 月 7 日凌晨，深圳金茂酒店

云　　游

晨起望浮云迷雾有感。

云游燕子岭头，远山迷雾城楼；
深圳眼下园，三椅圆心空桌，
晨光，晨光，天边一缕红抹。
金猴龙宫针活，玉帝蟠桃红果；
朝发动漫行，山川一路云天际，
磁场，磁场，南北日夜最长。

2016 年 3 月 7 日凌晨，深圳金茂酒店

锦簇团团花

从深圳往福州的动车上，看到挚友发来花景照。

锦簇团团花，金黄朵朵霞；
针尖霜王刺，楼旧尘上瓦。

刘邦楚王霸，虞姬舞垓下；
花香蜂未见，墙内贫民家。

2016年3月7日11点46分

福　泉　醉

动车回福州，回家睡方醒，有感今日为元月二十九，孝母拗九粥，敬天母而作第九诗也。

一路花开七八回，鹏程万里榕城归；
龙赐铁餐十五元，家煨数饺添肠胃。

洗净两天风尘灰，鞍马猴急十分累；
梦见天庭吾母乐，千年桃红御酒醉。

2016年3月7日下午3点

庆三八节

花在暗中庆三八，
半边天空夜幕下。
星光稀，月儿待嫁。
福州温泉，招聘百花，灯火照人家。
云在天上度三八，中华赞百花，
织女银河鹊桥架。
紫玉兰，露宿林下。
星点亮光，晋安河上，漂流星天涯。

2016 年 3 月 8 日零点

贺三八节

博爱天下花，三八节庆华；
国际共欢乐，母爱妻女佳。

王母天庭花，玉帝内当家；
世代佳人美，仙女董永嫁。

国色牡丹花，西施照华夏；
庆祝广大女，今朝舞彩霞。

2016 年 3 月 8 日凌晨

德标将军赞

听福清东连明华兄叙说：游酢十四世孙游德标将军率族人抗倭，全村数千人战死疆场，只余数十人。将军出征一直打到台湾，他的儿子常亿一起随军奋战。

倭寇犯境屠村狂，德标将军率众抗，
天地震，血浪翻，数千战魂英魄亡。

常德骄子随军战，一路血战到台湾；
风云吼，亲人盼，两百春秋将可安。

东连今朝人丁旺，宗祠建成树辉煌；
四海村，五洲商，德标威名千秋赞。

2016年3月9日凌晨

雨　中　游

雨落水中天，孤独漫游闲；
娇花天地爱，何人雨下怜？

满穹浮水圆，泉喷三柱悬；
湖面千滴泪，聊斋白狐仙。

2016年3月12日下午

回　钦　言

朋友圈钦友点评，吾回之。

才高八斗家无粮，李杜家徒四壁光；
昭君黄沙嫁匈奴，文成雪域赞布干。

2016年3月13日午后

西　湖　游

湖畔桃花水中天，染红游子心浪漩；
水帘洞口瞻前望，桃藏花中何日甜？
杜鹃啼血林中萱，诗廊深处永泰建；
但见亭内红粉唱，青春已过花甲年。

2016年3月15日凌晨

网　　星

日巡夜星海，渔夫三网采；
捕得星光灿，启明北斗抬。
嫦娥钩月在，清风侵香来；
曾在梦中乐，对酒诗开怀。

2016年3月17日凌晨4点45分

太　阳

太阳从东方升起，我抚摩朵朵的红云。
太阳从东方升起，阳光让我将苍凉忘记。
你是我心中景仰的神，
我梦中呼唤你的名字，也幻想伸出双臂拥抱。
我恍惚骑乘云中的白鹭，
呼呼地朝你飞奔而去。
浪花水上层层跳跃，我会在海空中飞起来。
等会儿我到天边的一线中，
把你大胆地抱起——
为了你那通红的名字，
我要吻别黑夜满天的星辰。

2016年3月17日清晨

和　尚

春阳明媚，三龙和尚携一友到福州温泉公园，相遇甚亲，吾领命为之拍照并诗之。

菩提树下禅，风花草思凡。
美人树刺悬天球，林木参差黄。
和尚暖春阳，俗世友相伴。
榕荫河畔飘仙乐，足下泡金汤。

雷 雨 晴

春雷响天亮，大雨倾盆畅；
今朝海论坛，福中怡山撼。
雨润阳光灿，天地暖春光；
玉兰紫花溪，奔流海峡欢。

志 气

腹藏经文吟春华，黄金屋内如玉佳；
南开学子报国愤，西南联大浩宇夏。
苏秦矮晏传史话，韩信立志出胯下；
刘邦元璋大风歌，西施貂蝉则天花。
河滨奔海浩气发，志坚竟敢论剑霸；
莫笑楚王乌江刎，千古风流别姬侠。

2016 年 3 月 18 日清晨

温 泉 花

踏浪温泉花，春暖嫩草芽；
书生石上观，落樱光枝杈。
夕阳高楼下，金汤泡脚丫；
杜鹃啼血红，灯照水中坝。

2016 年 3 月 20 日傍晚

南开校友之歌

石芝钦校友发动大家参加联合会百人合唱团。有感而作。

南开，南开，我们心中的最爱；
母校楼前的巨钟，铭记我们的情怀。
允公允能，日新月异，
伯苓率领，继往开来。
我们是南开学子，
南开，南开，我们爱您，地久天长。
南开，南开，我们梦中的最爱；
马蹄湖畔的晨雾，寻觅探索的云路。
天南街灯，主楼广场，
教室阅览，宿舍食堂。
我们是南开学子，
南开，南开，我们想您海枯石烂。
南开，南开，我们生命的最爱；
母校师长的关注，牢记我们的存在。
同心同德，互助友爱，
天下南开，中华大爱。
我们是南开学子，
南开，南开，
我们爱您，永生情怀。
南开，南开，
我们爱您，永生情怀。

2016年3月23日清晨

天　鹅

晨起摸黑夜巡河滨，见福建农合银行大厦倒影水中，河滨花园天鹅振翅欲飞，五四路上灯火迷乱，有感于心，诗之书之为记。

天鹅夜游河滨里，水天星光密。
琼宇银库流萤飞，灯火阑珊处天道莫弃。

暗中藏鸟几声啼，林木花草萋。
一江流水随梦去，福中春雨昨夜风声急。

2016 年 3 月 24 日凌晨

星河梦断

痛，心太沉重，
那一夜，天空中陨落几颗星。
是星的无奈，还是月的遗忘？
没有潜藏的背叛，已烙下永恒的时光。
是星的起点，还是心的牵挂？
星河梦断，天路难返。
既然心潮已起，
流下的泪花是心浪。

2016 年 3 月 26 日清晨

晓　月

晨起见晓月，今日天晴，歌儿返校，5 月再回，有感。

月儿拂晓明，日将东楼兴；
晴空万里路，晨鸟相互鸣。

歌儿海天行，集美学潮新；
昨夜广宇风，吹动满天星。

2016 年 3 月 28 日清晨

索　道

网上见绝壁索道游人如蜘，有感。

崖壁索道行，惊魂动魄心；
人在云中飘，风上尖顶新。

岩峭荒草青，鹰盘石谷鸣；
开天辟地时，锋仞长空擎。

2016 年 3 月 28 日午时

桃　　蕾

桃花三月红，蝴蝶舞春风；
流年风华茂，忘返涌泉中。
峰藏寺鼓钟，普法渡莲蓬；
净水柳枝扬，拨雾九天逢。

2016 年 3 月 28 日晚

浪　花　潮

金鸡山畔浦下锚，八十相送冰雪猫；
庐山江流东海去，海峡乘舟万里潮。
沧海奔波浪花礁，伏案冥思岩前桃；
洞天九派乾坤大，观音巡游玉荷娇。

2016 年 3 月 30 日凌晨

上　　游

驾驭穿山甲，一路洞天跨；
上游富屯水，紫云腾浪花。
夜乘喷泉霞，霄上云中榻；
未逢月嫦娥，浓雾罩宇厦。
父沐三仙峡，母在西山驾；
李纲携严羽，千秋留诗话。

2016 年 4 月 3 日凌晨

清明夜游

夜游九天玄光中，浩宇缥缈乐舞风；
常与寒梅共霜雪，春宵藏香云楼红。

马兰聊出天成童，五虎朝狮啸苍穹；
七绝尚在壁上立，洞天福地三寺逢。

2016年4月3日晚上

清　明　节

清明时节新，昨夜风雨淋；
先人一生路，总在天上明。

芳草顶头青，日夜相伴眠；
清明香烛炮，痛断再来春。

2016年4月4日凌晨

春　　竹

春竹空心时节新，相聚叶花时光情；
破土探头笋尖叫，世间原来风雨晴。

2016年4月5日凌晨

重　逢

昨日中午小叔午宴，吾有幸得遇30年前在广电局与吾共事、而后在香港定居的芝萍，万分感慨。当年吾是机务，她为播音。午后相邀到20层云楼叙旧。凌晨醒来，还是荒鸡时分，心潮起伏，叹人生时光飞逝，如今她的儿女皆为香港俊才高管，甚是景仰之至，遂诗词一首，以抒情怀。

逢春芝芬芳，相识萍水漾。
播报风云天下事，修得机缘长。

三十海漂洋，富屯涛叠浪。
紫荊花开福中乐，诚约醉香港。

2016年4月5日凌晨

春　潮

春潮何去，弯流入重山。
花草有缘，枯荣总相伴。
春秋几度，人生梦长安。

2016年4月5日清晨

日照寺边峰

日照寺边峰，穴窟神共工；
走过刀口尖，再行必成功。
悟道时节逢，洞中空来风；
心怀超人梦，何惧越天穹？

2016年4月6日凌晨

滋　味　观

昨晚赴宴，在堂弟长江的“滋味观”品味火锅。长江建议今后每年合家聚会至少一次。凌晨3点半醒，有感于“滋味观”店名意味深藏，随兴作诗并书之为记。

人生乐滋味，霸王别姬美；
长江海外游，项羽楚歌归。
人生百滋味，酸甜苦辣累；
海涛跃飞礁，游歌唱集美。
人间何滋味？亲情浪花追；
莲蓬多心眼，清明聚几回。
滋味观星魁，天上日月辉；
牛郎织女梦，鹊桥时分瑰。

2016年4月7日凌晨

古　城

李纲，风云青草伴，
肃然屹立，紫云熙春山。
严羽，风雨沧浪狂，
傲然阁楼，富屯古樟旁。
樵溪，古城北门砖，
望江亭远，横断水路长。

2016 年 4 月 8 日午后

沧浪怀古

昨日午后，独自漫游；熙春山下，紫云溪边；石桌椅空，棋手难逢；竹林溪流，绿叶花围；思古叹今，感慨万千。沧浪阁旁，严羽垂钓，千秋诗论，浊浪天边……

棋逢对手空，博弈花草丛；
流水竹林下，绿叶花边红。

沧浪严羽翁，游子千秋梦；
跃身浑浊浪，相随起伏中。

2016 年 4 月 9 日凌晨

六嘘高啸

樵川第一峰，六嘘高啸恸；
鸟瞰铁城云，今古怎相逢？

翠竹几节空，苍松坚果种；
但见阶上草，青苔绿意浓。

背靠大树松，弯曲上天穹；
登高攀云天，归途落叶蓬。

2016年4月9日午时

浪花泪

浪花朵朵泪，山城风雨归；
耄耋老父在，无颜尽孝随。

心潮阵阵催，清明陌上堆；
天上慈母安，青草断春回。

路上行行累，贫富亲情贵；
兄妹相聚时，人生少一回。

2016年4月10日凌晨

毕 业 照

梅香的一张初中集体毕业照，令人怀旧。晚上梅香的同学连新美携夫君吴康裕在周麻婆店宴请，有感诗之。

风雨连新美，康裕天润奎；
杯酒周麻婆，梅海香涛随。

初中班照闺，老大遇几回；
今宵盛情宴，重逢福中馈。

2016 年 4 月 10 日午后

熙 春 雨

雨，残花遍地潮中泣，
望长空，蔓延扬花糜。
雨，落叶层叠路上积，
叹树魁，繁茂千万隙。
雨，风来同窗过往急，
忆往昔，严羽门前葺。

2016 年 4 月 10 日下午

天　际　暗

高楼天际暗，星火人间亮；
一夜风雨过，奔流到何方？

春花临江芳，数朵飘零洋；
落叶离枝后，深层伴泥香。

朝思冥想茫，雾锁将石山；
天成岩寺远，未闻木鱼弹。

2016年4月11日凌晨

相　　约

昨晚与聂祥相约在喷泉广场。少年同窗好友，无话不谈，夜深而归……

富屯情谊五十春，少小同窗竹楼梦；
学车随兄界首墟，米落坡下刘家村。

知青插队异地分，书信常读夜挑灯；
人生各有不同路，莫笑海朵浪花浑。

2016年4月12日凌晨

寻 天 成

天成岩梦常相见，今朝风雨驾山前；
生死恋上仙人台，圣人唇边泉水甜。

猴王峰上双狮恋，老鹰谷上摩崖天；
天成狮成佛成寺，无瑕片瓦香当年。

2016 年 4 月 12 日凌晨

和 平 游

昨天吾携妻与三位同人到和平古镇游，见习总书记视察和平古镇时与和平百姓合影的照片挂在店里。和平古镇有好多百姓与习总的合影，真好。

和平幸福习总游，百姓人家合影留；
古镇名居世代传，黄峭故乡美全球。

历代进士多名流，和平文化锦华绣；
今朝更有习总领，中华和平誉千秋。

2016 年 4 月 13 日凌晨

天　成　游

狮成岩寺观音堂，十三点书三寺赞；
林海有缘中辉游，飘九折，
山水弯，天高崖悬飞泉欢。
仙人台倾壁穴藏，上下龙宫一丝亮；
流连忘返圣人唇，一线天，
幽谷香，中华兰花第一山。

2016 年 4 月 13 日凌晨

遥远的婚约

昨晚 CCTV—8 播放的 37 集电视剧《遥远的婚约》落下帷幕。乔惠敏与刘思扬，这对相爱 30 年的知青情侣，历尽艰辛坎坷，终成眷属……

知青岁月，靠山屯的追恋。
踏着泪痕，寻觅涌泉。
风雨日夜，八卦阵的缠绵。
探索小路，攀登峰垣。
金秋季节，生命树的情结。
天人重逢，青春情缘。
吾耕芹田，人生梦的祈愿。
院士农夫，桑海丝连。

2016 年 4 月 14 日凌晨

晨　歌

今晨女儿游歌从集美来，午时动车到泰宁，再转班车来邵，一路顺风盼歌来。有感。

晨歌雾海穿，千里奔紫阳；
熙春云楼上，抹开一叶窗。

晨笛乐曲扬，时刻挂幕墙；
台上三支花，唇红一点靓。

晨蔓集美长，牵挂一夜缠；
镜中照太白，眉含一道汪。

2016 年 4 月 14 日凌晨

盛世空前

知青延安缘，窑洞灯前，
七年磨砺近平愿。
海峡鼓山福中泉，蛟龙伏潜。
中华腾飞年，大任当先，
玉宇澄清除贪腐。
九州繁荣艳阳天，盛世空前。

2016 年 4 月 14 日上午

人生路，日日甜

昨晚运忠同学设家宴，吾携妻女前往。运忠之骄儿在香港读博士，其妻子梅香（与吾妻同名）已是高工，自己也是一局之长，一家子生活得红红火火。同学相聚，快乐开心，酒醉而归……

夜上张府览天，金香果，三层乐苑。
四季果蔬顶楼田，三十载，日月年，运忠甜。
层层登高处，步履绵，梅香红运，
莘莘骄子博士健。
人生路，日日甜，乐相见。

2016年4月15日凌晨

歌　儿　忙

女儿游歌昨天午后2点半刚从厦门来，5点多又要回集美去，午休时分还在读书，匆忙往返就为了在摄像头前签字。

歌从海边来，金湖转风台；
富屯云楼住，留影笔锋采。
一夜天方白，山风雨奔海；
歌转武夷东，夜半集美部。
何需浓雾霾？信息瞬间采；
日夜兼程累，光阴寸金买。

2016年4月15日午后

半 月 楼

风雨半月归，山城灯火微；
雾锁福中梦，昨夜喷泉飞。

凌晨暗中窥，西山慈母睡；
老父夜半醒，蹒跚步履维。

日月星辰辉，人生活几回；
今朝东流去，海上浪涛追。

2016 年 4 月 17 日凌晨

归 来

昨天乘 45 次北京至福州列车，子夜 12 点到福州，出站时大雨滂沱，到家已 1 点多钟了……

昨乘长龙子夜归，大雨滂沱路边偎；
的哥只拼远乘客，无奈家近最迟回。

觉醒笑红三角梅，福万通在天楼窥；
屋中半月灯未明，清晨又见纸墨挥。

2016 年 4 月 18 日清晨

海　缘

徐福海漂两千年，东洋列岛拜石先；
秦皇陵宫星辰月，人间何处化羽仙？

海峡风云论空前，浪花欢腾拍崖岩；
留得沧海遗珠在，一轮红日照桑田。

2016年4月19日凌晨

阳　台

早起思路忙，点滴时分长；
待到天亮时，晴雨总相缠。

日出追阳光，风雨云雾茫；
勤奋常歌舞，夜半河滨藏。

四季阳台上，三角梅花香；
满盘尖头刺，数枝朝天张。

2016年4月20日凌晨

天　游　峰

程门立雪明道徒，梦游杨柳河南途；
水云寮上天游览，九曲山弯流闽都。

2016 年 4 月 21 日清晨

红　梅　笑

世人常道梅花寒，严冬腊月傲冰霜；
吾家阳台红梅笑，四季花香涛歌扬。

2016 年 4 月 21 日上午

福州沦陷

上午警报长鸣，纪念 1941 年 4 月 21 日福州沦陷日。

警笛哀鸣福沦丧，南开群英情震撼；
当年未见日奸伏，何来满腹经纶谈？

君见黄河水泛黄，涛叹长城青草荒；
不食华夏仓粟米，东洋无处觅爹娘。

2016 年 4 月 21 日午后

戈琳生日乐

三一五，日夜忙，
今生戈琳合家欢。
红颜逢知己，春风送暖阳。
福中琳，生日唱，
快马扬鞭泉港湾。
睿智拨云雾，金猴贺娇娘。

2016年4月21日，农历三月十五

悼艾师

昨夜22点18分，南开大学艾跃进教授逝世。艾老师博学雄论，拥有独特的风格，是南开“四大才子”之一，他与胃癌顽强抗争直至生命的最后一刻……艾老师一路走好！

朝起未见跃进天，昨夜星空，楚楚艾师眠。
南开教授唇枪剑，捍卫信仰一生缘。

叱咤风云天地间，南开四才，雄论口若悬。
学子心系马蹄湖，莲花盘云天际炫。

2016年4月22日清晨

K 线图

潮起潮落自有时，世人祈盼乘龙驰；
风雨常闻惊雷响，明月嫦娥舞瑶池。

静观K线光谱滞，鹬蚌未知渔翁至；
太公长线笑春秋，市井巷道令人痴。

2016年4月23日上午

步　韵

水云寮前酢公庐，千年书香浮云无；
茶洞清流山风在，武夷云海天游书。

2016年4月23日下午

春　晨

晨鸟啼花，无声展春华。
流水岸边青草坝，游人无意践踏。

翠榕垂须低下，栈道弯曲通达；
辰时踱步林荫，一路绿草芳芽。

2016年4月24日清晨

今日清华

105年前的今天，1911年4月26日农历三月廿八，清华大学建校。百年来清华大学名列中国高校前茅，培养了大批的顶尖人才。吾感慨万千，诗之以寄情怀。

清华中华天，诞生百余年；
沧海风云史，华夏精英篇。
宣统年间建，清华精英园；
桑田春秋梦，环宇遨游先。
清华庆今天，西南联大绵；
顶尖先富强，立志中华梦。

2016年4月26日清晨

风雨同舟

今天是妻戈梅香生日。梅海香涛数十载，风雨同舟万里航，相濡以沫，倍感情长，谨作一诗，以舒情怀。

梅生枝头爱春光，河滨花红溢淡香；
日上戈壁信天游，立雪传人有虞娘。

集美游歌海天扬，母恋春秋惦冬寒；
人生最爱生日歌，海欢涛涌万里航。

2016年4月27日

留　痕

点滴汇聚江海茫，浪花绚丽绽放。
万古奔流石敢穿，礁石铿锵。
三皇五帝炎黄，文经武略蛮荒；
但见春秋史歌赞，弹指一段。

2016年5月2日清晨

琴　声

蒙眬琴键响，乐曲震天窗；
晨歌集美去，定神隔楼望。
风云追时光，少小读书郎；
今朝动车迟，涛歌友龙帮。
歌唱，歌唱，程门立雪赞。

2016年5月2日午后

掌中草

岩前掌中宝，年长指上草；
今朝贵妃舞，温泉涛歌抛。
嫦娥双风潮，玉兔风向标；
桂林吴刚羡，海蟹沙上脚。

2016年5月3日午后

九　论

《影响中国历史的九篇政治美文》，吾以诗论之。

过秦论始皇，贾谊惜秦亡；
若以仁政施，揭竿为旗荒。
报任安书谈，司马迁身残；
人固有一死，鸿毛飞泰山。
出师表衷肠，诸葛亮泪弹；
鞠躬尽瘁死，亲贤小人王。
桃花源记赞，陶渊明进山；
芳草鲜美渔，不识晋魏郎。
谏太宗木长，十思疏本扬；
魏征安思危，奢淫覆舟亡。
岳阳楼记上，范仲淹浩荡；
先天下之忧，乐为天下忙。
正气歌序扬，浩然文天祥；
壮烈报国死，忠魂九天上。
少年中国说，梁启超论强；
教儿多院士，美哉中华郎。
与妻书笔泪，林觉民呼唤；
立志为共和，血洒黄花岗。

2016 年 5 月 3 日清晨

千　尺　流

庐山三千尺飞流，桃花潭水千尺幽；
日梳青丝发千尺，李白学数上天游。

九天银河三丈绸，汪纶情深踏歌留；
夜上瑶池三郎在，仙女幽灵白狐柔。

2016 年 5 月 3 日深夜

泉雨星花

春去夏来热风采，狂风骤雨雷电来；
惊魂未定路边人，明月当空舞蓬莱。

美藏天地春夏开，情陷妒火烧法海；
许仙董永宁采臣，三君千丈镘心怀。

2016 年 5 月 7 日午时

湖　边　痴

石在湖边痴，枝杈云天刺；
隔岸竹安寨，青丝浪花滞。

万佛会寿星

下午，福建省历史名人研究会游酢分会、省姓氏源流研究会游氏委员会在福州闽侯南屿万佛寺五观堂召开办公会议。在素宴上得知，今天是游部长81周岁诞辰，全场沸腾，共祝游部长生日快乐。

瑞公生日万佛会，闽侯素宴名士惟；
满堂欢呼游子吟，南屿云峰牧童归。

九九风光中天辉，海峡和风君抚慰；
驶得广宇百万游，品文论道茶寿魁。

2016年5月7日晚

歌送母亲花

歌的女友送来一束鲜花，是歌送母亲的花。歌在集美钢琴弹，雷声震响雨飞扬。吾感慨万千，诗之书之为记。

歌送母亲花，爱母心牵挂；
集美花一束，千里风云驾。

欢歌唱华夏，黑白键飞侠；
此刻雷声震，满庭星际花。

2016年5月8日

母亲，永远爱你

今天是母亲节，凌晨时分，女儿歌在网上发出一张她母亲的照片，并说：永远爱你。

母亲节日庆天下，凌晨歌唱母亲花；
永远爱你游子吟，人生到处母爱家。
孟母教子学问佳，苏家小妹东坡夸；
人间何处无母爱？祖国母亲最伟大。

2016 年 5 月 8 日清晨

晨　路

晨路，桥连彼岸；晨路，林荫深长；
应向何方？榕须试问水中天，水入江海宽。
晨路，栈道岸旁；晨路，草木芳香；
往返何妨？榕叶笑谈天方亮，雾散迎朝阳。

2016 年 5 月 9 日清晨

牵　牛　娃

石坝牵牛娃，足舞温泉花；
织女云楼住，林间蟾蜍呱。

2016 年 5 月 9 日傍晚

翠　竹　亭

翠竹傍玉亭，花开野草坪；
远山浮云飘，近处闻蝉鸣。

2016 年 5 月 10 日

人　　生

网上见仁兄有名言——45 度做人：要谦虚低调；90 度处事：要会变通；180 度为人：要正直；360 度做事：要圆满。吾有感而诗之。

四十五度上下斜，登高谦虚低头靴。
九十度假任君选，东南西北风水泽。
一百八十变难测，正直为人守道德。
三百六十圆满乐，旋转人生日夜得。

2016 年 5 月 10 日清晨

梅　雨　天

四月四生梅雨天，花笑初夏浪涛喧；
富屯溪水昨暴涨，福中晋安河滨缘。
莫嫌莫闲，满盆花开枝盘根，乐在今生。

2016 年 5 月 10 日，四月初四，晨

月牙

顽石草丛呆立，无声息，暗中花匿。
火烧夜空斑斓鹅，飞天瀑，撒珠玑，月牙弥。
声声鼓乐疾，月光曲，情丝一缕。
阵阵飞泉随风袭，心揣动，风影斜，木马蹄。

2016 年 5 月 11 日晚

星微弱

星微弱，渡天潭，拨开云雾何妨。
千重浪，东海茫，折腾到天荒。
月儿弯，流萤长，一道天穹划亮。
织女心，牵牛郎，鹊桥水泛黄。

2016 年 5 月 12 日清晨

漂游

跌宕起伏浪花游，一路坎坷镌心愁；
海滩回流泉雨泪，山风呼唤浪回头。

海枯石烂擎天手，春草难挡黄昏秋；
莫怪海涛总无情，水到低处盼天潮。

2016 年 5 月 14 日清晨

诗　论

诗经民间谣，唐诗宋词调；
平仄韵律格，李白领风骚。

诗霸天才毛，古今气势高；
自由诗奇葩，中华诗词潮。

2016年5月15日凌晨

梦　兔

月儿云里摇，嫦娥怀中抱；
摘得星花戴，满天乐逍遥。

天篷八戒头，吴刚累折腰；
后羿凡尘垢，温泉浪花娇。

2016年5月15日午后

夜黑浓云涌

夜黑浓云涌，暴雨呼狂风；
苍穹月无影，窗内绣女红。

2016年5月15日深夜

秦淮月

月下清凉流萤长，弧光斜影花暗香；
夜浓桥断晋安梦，苍榕千丝牵龙潭。

2016 年 5 月 15 日深夜

夏雨夜凉

暴雨夜黑来，风卷云叶败；
遍地残花血，落入浊浪怀。

楼市上云海，桥横断江踩；
拂晓飞雨蒙，草野花又开。

2016 年 5 月 16 日清晨

生活

风声鹤唳无奈何，生就命蹉跎。
天生我，苦亦乐，步行健，寻天问海。
浪击流沙，痛快生活。

2016 年 5 月 17 日凌晨

睡　莲

雨中花前过，玉莲水上火；
粉红珠欲滴，冷风怜香泽。
今晨云天河，睡莲荷心折；
墨绿团相聚，暖阳逗花乐。

2016 年 5 月 17 日上午

快　活

锦儿水中游，鸽在草丛逑；
日出睡莲醒，花朵水上羞。
芳枝枯树头，湖塘蒲叶舟；
生为觅食忙，万里云天悠。

2016 年 5 月 17 日上午

塔　头

福州塔头的南开大学校友正在微信中……

塔头星光昨夜辉，春华秋实好些回；
南开员外楼上聚，福中伴月八十魁。
今乘云路天尚微，飞吻梦中恋人泪；
莫言师道八里遥，闲时网聊夜不归。

2016 年 5 月 18 日凌晨

伤　痛

云长五关斩六将，麦城伤；生存亡。
五指山上风云乱。日夜折腾，岩前草黄。
王母九天叹。
孤掌擎天万般难，海底捞月千层浪。
八仙渡海各一方。
桃红李白，虞姬貂蝉，天路雾迷茫。

2016年5月18日傍晚

云　天

云浓雾茫，初夏苍凉，
风歌绕山去，一路唱蛮荒。
天高日旷，心怀坦荡，
浪舞随波起，奔腾时分忙。

2016年5月19日晚上

云　烟

瓦上云烟茫，随风绕山川；
屋内米饭蒸，林间田头忙。
悄然入山乡，鸡鸣犬吠乱；
何来不速客？闯入桃花庄。

2016年5月19日晚上

小不点

小不点飞天，风尘落边缘；
南开学子牛，天狗美食煎。
鸿毛泰山炫，封禅霸空前；
一技雕虫死，千古笑婵娟。
介石攀美援，何生漂泊悬；
网中黑白子，炎黄九州田。
生就三尺剑，驰骋疆场远；
莫道才不遇，风光量无限。

2016年5月20日清晨

心潮

常为网诗聊，激情喷泉高；
天风海空来，日夜浪礁凿。
曾喜红锦袍，今爱紫薇蕉；
同病不相怜，天涯隔海角。
山谷兰馨草，花藏林中笑；
风雨陌路人，吴刚月下樵。
远离枫亭桥，渔村月光潮；
平生多少梦，总在风中笑。

2016年5月20日清晨

谷　泉

山中一流淌，谷内瀑泉欢；
弯曲下游去，悠然入田庄。
野草稻花香，溪边搓衣娘；
牧牛路边过，掬饮水一方。

2016 年 5 月 22 日凌晨

虹　桥

虹桥河水干，无奈情难忘；
两边山林密，风从洞口穿。
左到小亭旁，右往桥头藏；
山高凡尘远，林深钟鼓禅。

2016 年 5 月 22 日凌晨

台　阶

拾阶林中山，一步登高难；
夹道未知树，鸟啼叶间藏。
魂随高处去，魄闻寺院香；
愕然惊回首，人在困途转。

2016 年 5 月 22 日凌晨

游　学　坛

上午参加在永泰立雪书院召开的游学文化研讨会，即兴赋诗一首，以舒情怀。

游学夫子谈，永泰云峰上；
风云英雄谱，雾锁樟溪茫。

千年理华章，苦笋颂诗坛；
天下九派流，游学海峡涨。

2016 年 5 月 22 日午时

狐　光　泉

狐影夜光泉，幽灵水中仙；
徘徊浪边客，难入花潮眠。

2016 年 5 月 22 日晚上

睡　莲　梦

金色梦睡莲，花怀芯中绵；
蒙蒙细雨落，青青荷叶缘。

2016 年 5 月 22 日晚上

三　泉　喷

三瀑飞喷天，火烧雨中泉；
夜游三郎叹，何处觅狐仙？

2016年5月22日晚上

分　享

苦在心中藏，甜为人共享；
松龄茶道辛，幽灵狐仙伴。

2016年5月22日晚上

晨　鸟

日出振翅飞，夜黑榕巢归。
细雨蒙蒙羽裳湿，暗中惜相偎。

唤醒一片林，凌晨摸黑窥。
咫尺天涯难相见，待到明时追。

2016年5月23日凌晨

海　天

见大卫的《江湖》日记，即兴诗之。

天地笑人间，江湖连海天；
风浪惊险处，雷声震空前。

心潮浪花缘，日夜难休闲；
伤痕留礁石，沧海天际远。

2016年5月26日清晨

伞　女

婷婷倩影，常令人流连。伞下红裳清照天。
回眸越千年。今朝三角梅开，月月花笑红颜。
初夏伊人霓裳，相约夜沐温泉。

2016年5月26日晨

蜗　牛

牛儿双角尖，屋背叶上蜷；
眼前一片绿，傲气冲水天。

2016年5月26日午时

茶　　友

网上晓闻妹发茶友杯照片。吾即兴诗之两首。

一

好茶泡好友，兄妹本姓游；
群中多豪杰，松龄聊斋悠。

二

好友水上莠，绿茶浅水游；
喝干杯中清，叶卧底层休。

2016年5月26日午时

顺　口　溜

悠然人生游，诗话顺口溜；
惊吓杜甫郎，字句铿锵留。

2016年5月26日午时

太　白　游

晨耀清照逗，温泉太白游；
网兜满天星，留到月上梢。

2016年5月26日午后

和 百 诗

在文歌网见群主葛清老师发的300年前的百首和诗，即兴调侃和之。

三百年前和诗潮，幽灵妖狐松龄聊；
唐诗李杜宋东波，诗经孔编诗霸毛。

我赞百花芳姿俏，常将太白贵妃邀；
今晨又与清照和，摘得嫦娥下凡瞧。

2016年5月26日午后

人 生 果

见人生果一对，赋诗赞之。

人生果成对，牵连心吻嘴；
暗处探花红，绿荫拥紫薇。

人参果实累，清苦甘甜味；
食得人不老，神仙下凡醉。

2016年5月26日傍晚，温泉公园

鹿　与　羊

网上见鹿与羊、云与叶两张照片，赋词一首，以抒情怀。

母鹿乳羔羊，叶飘云天上，
野草烂漫小花藏，远山牧场草甸流水茫。

云笑叶尖长，羊咩鹿茸香，
天地有缘鹿与羊，人间机遇浮云掠叶慌。

2016 年 5 月 27 日凌晨

女童逗鸟

见一女童逗鸟，即兴而诗之。

童女掌中鸟，十分逗人笑；
天高任鸟飞，更爱女儿娇。

游丝柳枝条，诗经民间谣；
亮眸见画眉，西施芳年少。

2016 年 5 月 29 日清晨

咏　荷

碧叶微风抚幔帷，荷花含娇露心扉；
清晨晶莹数滴泪，一夜风流盼君归。

2016 年 5 月 29 日清晨

水 上 仙

几度风雨几度春，一流飞瀑上九天；
天游峰前水云寮，九曲欢唱武夷源。

人生坎坷山路险，一路奔波上海天；
但得春秋十载书，太白陆游水上仙。

2016 年 5 月 29 日清晨

晨　悟

晨雾难觅精气神，风霜雨雪梅花伸；
媚娘冬令牡丹开，三角笑梅日月盛。

夏游西湖红云吻，梅开三度日夜珍；
自古寒门无薪俸，立雪画梅有高人。

2016 年 5 月 29 日清晨

黄 鹤 楼

黄鹤楼上望云飞，千年祈盼游子归；
无奈桥头水两断，楚歌难挽霸王回。

酢公后裔百万麾，九派风流倜傥追；
嘉瑞云峰耕读月，立雪知书同道随。

2016 年 5 月 29 日午后

昼 夜

昼起夜般黑，梦生何处来？
偶闻叽喳声，翠鸟盼天开。

举足上书台，杯水车薪才；
痴情窗外雾，总想潜入怀。

2016 年 5 月 30 日凌晨

闽 都 花

玉洁香清芳自华，闽都三山遍地发；
风雨倾城含苞笑，福中珠女鬓上花。

2016 年 5 月 30 日午后

梅　君

临江种梅人，煮冰浇花泠；
君在凌霄处，洒得雪红云。

苍松峰前乘，翠竹怀谷仁；
岁寒三友越，孟夏望旭升。

2016年5月31日清晨

浩然神州

一鸣惊天地，神州行万里；
中华振朝纲，贪腐尽荡涤。

童叟无人欺，马善有仁义；
路遥载书重，浩然凌霄气。

2016年6月1日午后

佛　缘

夜游万佛遇高僧，佛光普照日月辰；
广霖双幅诗书法，海峡迎来旭日升。

2016年6月2日清晨

旭　　日

福大于山冠，温泉开牡丹；
海峡钟鼓鸣，中华盛世扬。

旗山钟鼓响

天地精灵子，海上升旭日；
万佛祈福光，中华鼎盛时。

祥云蟠龙至，华夏航海丝；
旗山钟鼓响，福泉万年斯。

2016 年 6 月 3 日

风雨岁月几多情

春秋游学周礼兴，孔孟之道中华行；
游杨程门立雪传，山川春木苦笋吟。

风雨岁月几多情，寒山松竹梅岭云；
求得斑竹数滴泪，倾入江海浪花零。

2016 年 6 月 3 日午后

日　出

新华旭日升，大爱天下诚；
福中涌泉热，海文经贸盛。

2016 年 6 月 3 日傍晚

鸟　窠

飞泉星光潮，银河云鹊飘；
玉树琼楼蔽，花藏野草娇。
环湖林荫道，鸟挂树上巢；
灵狐水中浮，相伴松龄聊。

2016 年 6 月 4 日零点

独　奏

昨天深夜，女儿发来她的师姐布欣舒雯钢琴独奏音乐会的照片，赞之。

布棋银河星华，欣然玉女天花。
声声舒展浩宇飞，阵阵乐风刮。
莫笑黑白条条，掀起巨浪哗哗。
疯狂舞动满天霞，游歌海天驾。

2016 年 6 月 4 日凌晨

端　午

迎风破浪飞龙舟，大鹏展翅云天游；
五岳风云千秋叶，屈原诗话汨罗流。
平生报国莫言酬，天涯无处芳草留；
莫恋世间功名禄，中华盛世赤子求。

2016年6月4日上午

朝　晖

一
海峡庆朝晖，蛟龙云天飞；
浩宇中国梦，盛世五岳巍。
二
海峡水连心，旭日最热情；
浩宇中国梦，盛世福中行。

2016年6月5日清晨

春光村

春光村落溪水清，乱石知心竹排停；
小叶榕生五百五，寻得不老冬阳芸。

2016年6月5日清晨

木　殇

零时27分，大妹云梅电话来，哭声凄惨，告知妹夫陈木根刚病逝。

子夜惊悚哀号惨，木断天涯亡。
风雨春秋几度荒，坎坷多磨难。

云茫茫，蜡梅寒，根留枝芽残。
蹉跎岁月山城载，天路各一方。

2016年6月6日凌晨

天上人间

今天，大妹夫木根要火化了。我因大事缠身，未能前去悼别，谨作诗一首，以寄哀思，望天人见谅。

夜半醒，凌晨窥，天人未睡。
奈河两岸夜深水晦。醒中活，静思寻薇。
十三点滴斑竹泪。箫声凄，飞抵山魁。
峰顶炉，浓烟突起，云上九天难归。
生命，魂牵梦追，日落月亏。
狂风横扫旷野尘灰。心寒战，俗世可畏。
历尽艰辛苦难回，奋中求，莫让后悔。
曾经浪中生，无惧风险，报我天皈。

2016年6月7日凌晨

十六字令·粽

粽，楚天浩瀚汨罗江，屈原诗话长，万载香。
粽，闽江三山涌泉欢，八闽群英唱，龙舟上。
粽，海峡儿女共扬帆，激情浪花扬，中华撼。

2016 年 6 月 8 日清晨

端　午

舟行江河天，叶飘山水间；
斗米腰绳系，千古祭屈原。

浪卷风雨悬，桨飞龙王前；
擂鼓震天响，万代诗歌源。

2016 年 6 月 9 日凌晨

明谷行馆

日夜温泉欢，今宵明谷探；
行馆幽深处，水晶龙宫藏。

鱼儿亲吻馋，天蓬方寸乱；
微波流光影，冷热泉一方。

2016 年 6 月 9 日，端午节

机　　缘

巧遇机缘，情丝一线。
风传信，雷电相见。
告白倾心，风雨向前。
惊天恸地，泰山撼，天神愿。
咫尺空间，天地相连。
雨中情，潮湿缠绵。
劳燕分飞，夜梦魂牵。
碧海蓝天，日月辉，终成卷。

2016 年 6 月 9 日清晨

暗　　香

凌晨起床，走进我的库房……

杂书库房，书橱三两；
诗卷横卧，床桌共商。
花开顶上，风架萧墙；
墨溅乾坤，黑白暗香。

2016 年 6 月 11 日凌晨

诗　书　情

海峡浪涌千诗流，明月又圆百花洲；
日出映秀论文集，春秋四季梦天游。

闽洪峰上冬铃镏，印象红袍山水悠；
曾经风云海朵泪，旗山万佛般若留。

2016 年 6 月 12 日下午

分　　秒

日夜连天暗，活争分秒长；
但得茶园渡，沧海一寸光。

风雨飘晋安，须垂两岸荡；
桥跨公益路，闽江一段肠。

快乐海峡行，歌舞温泉欢；
往来康家宴，河滨一诗狂。

生为三块砖，高低琼宇墙；
潇洒浪涛点，太白一道亮。

2016 年 6 月 13 日凌晨

君　子　交

君子之交淡，金钱利禄谗；
同流周王血，网中探天茫。

爵位莫伸张，绅士满腹肠；
擒得水中月，浪花礁石滩。

2016 年 6 月 13 日清晨

十六字令·天

天，今朝日出福中缘，三山萱，闽都遍温泉。
天，今日晨起兴中原，知青颂，延安磨砺篇。
天，今升旭日东方圆，中国梦，神州尧舜年。

2016 年 6 月 15 日清晨

回　　眸

风云际会游，海峡唱福州；
日出三山暖，诗歌江海流。

沧海岁月稠，潇洒浪飞舟；
月光明谷行，情丝点滴留。

2016 年 6 月 16 日清晨

北　峰　云

北峰玄幻境，桃藏梅子林；
荷塘岸边绿，浮鸭火鸡迎。

柑橘野花径，遍地黄绸巾；
飘然云雾起，阁楼诗语兴。

金　山　楼

金山杨翠玲，南台六学兴；
杨母师宝贝，千年论姻亲。

来友咏飞行，闽江浪花新；
淘起海上珍，风雨夜光饮。

十六字令·酷

今天是父亲节，收到女儿游歌的礼物，吾有感而诗之，谢女儿一片孝心。

酷，歌爱山泉云峰雾，竹排浮，弯流兰花谷。
酷，歌爱闽江晋安渡，榕须舞，喷涌温泉处。
酷，歌爱海峡集美树，琴声赋，奔腾浪花路。

2016年6月19日清晨

十三字令·荷

荷，碧叶含笑湖心上，茶亭福中藏。
荷，红苞亲吻辰光暖，闽都泉中央。
荷，林招微风随波展，肥沃花中王。

2016 年 6 月 20 日清晨

梅　　庄

牧原北峰梅，山谷奇芳霾；
煮冰寿宁茶，荒鸡风传来。

2016 年 6 月 22 日午时

十 三 字 令

善，言行举止为人亲，天下同情心。
德，君行天下怀仁心，建功救济人。
爱，关心冷暖亲人情，奉献一颗心。
诚，真心待人言与行，昭然君子心。
信，诚实可靠为人纯，崇仰理念真。
忠，执着无私竭尽力，赤诚心归一。

2016 年 7 月 4 日清晨

十三字令

东，桥通河滨阳光中，朝气蓬勃涌。
西，路上纵横车马龙，健身省体逢。
南，两岸翠榕福万通，水天琼楼耸。
北，水映栈道动车隆，琴湖照北峰。
家，天鹅摇篮欢歌颂，梅海集美风。

2016 年 7 月 5 日

泉童

为温泉垒石池中的可爱小天使诗之。

夜藏温泉石娃欢，奋臂划破银河光；
瑶池众仙沐天足，树影轻摇蛙和蝉。

2016 年 7 月 6 日晚上

七七撼

卢沟桥枪响，浴血勇士战；
十四年抗日，永铸长城上。
烽火霄烟长，高歌英魂赞；
七十八春秋，中华盛世传。

2016 年 7 月 7 日清晨

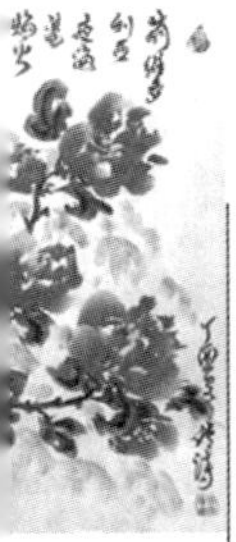

夜光桃

夜色棕榈相拥，绿光水映天穹，
凌霄琼楼钩心月。
美人蕉桃红，怦然灵狐涌。

湖畔斜椅灯蒙，银河飞落水中，
游魂散魄倒影重。
钦赐华春桃，太白河滨梦。

2016 年 7 月 7 日晚上

尼伯特

尼伯特台风狂，花莲一路嚣张，
福建六千将士迎，
三千里海岸设防，风拐道惠安。

尼伯特风雨茫，福州内河水涨，
三山两塔镇海楼，
风流雅士海论坛，风闻名远扬。

2016 年 7 月 9 日清晨

十三字令

鳌，海边丰碑入云天，嘉庚盛誉远。
园，集美校歌亲情牵，海上天桥连。
美，青春风采长发卷，梅韵飘香涧。

2016 年 7 月 14 日晚上

挚友情

高温涌泉贵安行，近山林落琼楼芸；
梅海风云龙凤舞，朝阳夕照一路晴。
挚友热情，别墅温馨，
金仕顿宫夜宴起，海归明月心。

2016 年 7 月 24 日傍晚

海风歌

海，浪潮股股弧线连，神韵探云天。
风，腾空嗖嗖扶摇旋，信鸽翔海天。
歌，仰望蓝蓝浩宇润，福榕拥九天。

2016 年 7 月 25 日晚上

万佛灵隐

灵隐一高僧，济公镌峰铭；
万佛一大师，广霖句录明。

杭州西湖亭，荷花露晶莹；
南屿观音岛，微波精气灵。

雪峰梅含香，万佛牡丹馨；
旗山书院起，广霖春秋兴。

福报闽侯行，旗鼓钟长鸣；
天下万佛寺，禅宗道德经。

2016 年 7 月 29 日凌晨

台　　风

台风妮妲登陆广东、广西、云南、贵州四省……

万里奔青山，逃逸浪疯狂；
林深呼啸起，花落枝叶残。

乌云瞒天障，暴雨遍地殇；
混浊江河下，送君归汪洋。

2016 年 8 月 2 日凌晨

天宫神舟

昨晚央视一套报道，天宫二号、神舟十一号，已运抵酒泉，将由长征二号F火箭发射升空，吾为之而兴奋不已……

天，浩宇渺茫无穷边，三十三天远。
宫，玉兔嫦娥夜难眠，后羿追月圆。
神，三皇五帝泰山巅，长征升酒泉。
舟，神舟十一天宫二，银河飞龙乐。

2016年8月4日凌晨

十三字令

晨，窗台茉莉含苞情，叶浓露芳馨。
光，盆里绿萝水观音，缠绵到天明。
花，探头仙人球芒精，触摸总担心。

2016年8月7日晚清晨

十三字令

蹦，飞跃高崖万丈涧，千金一线悬。
极，攀紧天柱盘云天，青山绿水旋。
歌，跌宕起伏铿锵键，永泰大樟源。

2016年8月8日清晨

七　夕

南屿牵牛上银河，旗山蟾蜍知了乐；
暗藏心灵万般爱，荷含夜露藕丝舌。
湖上观音天地和，寺中万佛高尚德；
风云缭绕山林处，晨钟暮鼓传诗歌。

2016 年 8 月 9 日，七月初七，万佛寺

七 夕 节

牵牛织云，飞鹊烦心，玉女袅袅暗渡。
浪遏海天一时辰，便胜却星斗无数。
光阴似箭，七夕如初，爱上鹊桥不归路。
两情若是难舍时，就缠在朝朝暮暮！

2016 年 8 月 9 日上午

十三字令·孙杨笑

巴西里约奥运会 8 月 8 日电，中国游泳运动员孙杨获 200 米自由泳冠军。昨天获 400 米自由泳亚军而哭的他，今天笑啦……

孙，奥运泳赛着银装，四百米泪弹。
杨，里约再拼勇夺冠，二百米欢畅。
笑，国旗升起国歌唱，中华爱孙杨。

2016 年 8 月 10 日凌晨

十三字令·观海听涛

观，日月风云浪潮起，奔波有无情。
海，江河雪雨冰泉行，包容有无心。
听，雷电狂飙万籁惊，震撼有无宁。
涛，波浪峰巅呼啸天，跌宕有无缘。

2016 年 8 月 11 日凌晨

爱如翠榕

闽都榕，为你歌一曲清风。
你的飘逸是我心中的梦。
你若欲求，只要扎根自有葱茏。
对你说一声心动，你的品质是我的追求。
你爱宁静，我的人生不再盲动。
风雨再狂，我的爱如翠榕。
坎坷年华，追求青春峥嵘。
别说岁月匆匆，叶与根相通，
守一个翠绿的春夏秋冬。
花开花落，我的爱如翠榕。
厮守诺言，美好就在心中。
别说世事无常，心与心交融，
圆一个青春永驻的梦。

2016 年 8 月 13 日清晨

十三字令·天成奇峡

天，圣人唇吻生死恋，九折水一线。
成，岩寺三座狮佛天，林海云雾连。
奇，金猴鞍马巨舟悬，千万嶙峋涧。
峡，鹰窠崖穴风流泉，竹排夹缝间。

2016 年 8 月 13 日上午

十三字令·时辰

子，时辰先后跨两天，零时左右点。
丑，时段一至三点间，宜在床上眠。
寅，三至五时凌晨天，黑暗渐明显。
卯，时钟五到七点前，清晨大亮天。
晨，七至九点蓬勃尖，勤奋好学健。
巳，九到十一劳时间，莫让时空闲。
午，十一中午十三点，海上龙蛇现。
未，十三过后十五践，午休一心愿。
申，午后三至五时间，繁忙累空前。
酉，黄昏五时到七点，晚餐乐其间。
戌，晚上七时到九点，自习娱乐选。
亥，夜间九到十一点，休息可入眠。

2016 年 8 月 13 日

浪　花

你悬在空中，追逐星的行踪，
满天星斗，随风飘落，激起泛波无穷。
我捧起一泓秋水，斑斓玉玑，眨眼通红。
你卧在水中，漂浮鱼的行宫，满湖虾鳖，
随波而涌动，跃出星光飞虹。
我拨动一丝长线，钩月寒心，瞬间梦逢。

2016 年 8 月 13 日深夜

别离心随君行远

别离心随君行远，荒鸡时分未入眠；
车马劳累安歇否？莫让网聊误天明。

2016 年 8 月 16 日清晨

福州八一七

八一七，夜宿街头解放军，落雨润民心，
八一七，天翻地覆时代新，纸糊榕城兴。
八一七，六十七载风雨情，闽都温泉郡。

2016 年 8 月 17 日晚上

涛　歌

你是长江，我是黄河，我们一路奔波坎坷。
自古中华多战事，太平盛况有几何？
多少风流，多少倜傥，浪迹中华史册。
你是海潮，我是浪花，我们承载日月精华。
今朝中国近平安，东海南海浪淘沙。
多少涛歌，多少壮士，守卫中国大海。

2016 年 8 月 18 日清晨

中国任茜

里约奥运赛，女子十米台；
任茜夺冠军，中国英姿采。

十五春秋来，水上浪花开；
川流云鹞飞，国歌振四海。

2016 年 8 月 20 日子时

十三字令·智慧

智，知日深禅静中观，天地山河藏。
慧，慧心籁音动中扬，日月星辰转。

2016 年 8 月 20 日卯时

南开藏福

南开西藏雪原，校友会聚峰巅，
空前空前，珠穆朗玛冰山篇，
马蹄湖映雪域天。
南开福建海边，八闽学子情连，
祝福祝福，武夷闽江山海贺，
八里台上海峡缘。

2016年8月20日上午

南开骄傲

昨天下午，南开大学第十届校友寻访暑期实践队一行四人来采访我，令我感慨万分……

我是一朵浪花，被激流旋起，
飞呀飞，随浮云而来，在马蹄湖荡漾。
我是一粒草芥，被热风刮起，
转呀转，随煦风而来，在八里台踏青。
南开教诲我，激情心中涌；
南开培育我，青春永恒梦。
今天南开风吹来，采得一颗相思豆，
红得晶莹，亮得剔透。
请捎回一声问候，南开骄傲。

2016年8月21日深夜

南开采风

南开采风来，海峡贝壳苔；
浪花漫天游，心潮螺呼海。

曾经八里台，马蹄湖徘徊；
天南街灯暗，依稀梦南开。

2016年8月21日寅时

旗山万佛寺

云绕旗山佛指峰，层林翠屏隐石松；
般若高僧泼翰墨，佛福寿禄如意逢。

菩提鼓楼诗画风，万佛玉树罗汉丛；
观音岛映日月天，禅音智慧书院钟。

2016年8月24日凌晨寅时

无字碑感悟

巨碑功无量，妙道无可镌；
岁藓迹蜗涎，天成诗无篇。

2016年8月25日清晨

枯木庵感悟

临池枯木宫，真僧观太空；
穴窥珠星月，灵秀满山中。

2016 年 8 月 25 日午后

雪　峰　山

雪峰隐芙蓉，画形染不浓；
遥观月光寒，僧上银塔钟。

2016 年 8 月 25 日深夜

月　　夜

傍晚携妻梅驾车上台江，到五一广场，再转道温泉公园，一夜三处风光。

台江荡漾琼楼灿，于山巨手推波澜；
温泉飞瀑追婵娟，月夜携梅冷暖香。

2016 年 8 月 26 日晚上

秋　　风

秋风妩媚叶飘红，天高云淡戏水榕；
晋安河上轻舟过，白鹇飞处乐曲浓。

2016 年 8 月 26 日

雷　雨　电

秋夜风雨狂，惊雷闪电暗；
子时合闸跳，闷热透心烦。

曾经修电长，无线电视装；
闪光一瞬间，长空太白茫。

2016 年 8 月 28 日清晨

三毬堂感悟

六华峰象山，三毬堂前荒；
来去非虚实，三星落地观。

2016 年 8 月 28 日晚上

十三字令·穿越

我正乘坐福州往邵武的城际列车，一路翻山越岭，追溯宋代严羽诗论家的人生传奇：夏穿棉袄垂钓长，冬披蓑笠晒太阳，见了县官不礼让，挺胸拂袖一路扬。

穿，钻山劈林逆水弯，北上熙春山。
越，奔波追溯樵溪樟，严羽抚沧浪。

2016 年 8 月 29 日午后

山城夜光

紫云星光灿，北樵品茗香；
家吊琼楼顶，歌舞瑶池旁。
汗马嘶无缰，村姑戏太常；
风车围城转，熏鹅岚谷香。

2016 年 8 月 29 日深夜

返童

上河街边香葱童，东门城墙草依浓；
故人几多西游去，鹅卵石道寻无踪。
风雨浮桥娘影蒙，云雾迷茫父如松；
兄妹指心寂寞处，人生往返晨月中。

2016 年 8 月 30 日凌晨

晨　月

乘弓月上弦，紫云鹰飞远；
吴刚夜中桂，晨风舞婵娟。

2016年8月31日清晨

追　浪

漫游熙春山，紫云樵溪旁；
垂竿沧浪羽，仗剑昂须纲。
海边浪花上，日夜奔波忙；
越王台前侍，翘首盼春光。

2016年8月31日午后

春暖浪花

接到徐春晖书记的电话，约我见面，并合影留念。诗书相赠。

熙春越王茗，紫云严羽吟；
李纲一品论，三丰太极兴。
熙春紫云茶魁缘，春暖铁城传诗篇；
天成岩吻圣人唇，浪花欢歌云海天。

2016年9月1日中午

激情之光

云灵歌琪飘，英姿冲浪娇；
射光五彩虹，激情九重霄。

2016年9月1日晚上

大漠来函

刚收到大漠来函：谢谢把我装进你的书里，谢谢！

诗在书里，心随风起；
万里大漠，婵娟羌笛。

明月晨曦，日出青帝；
海峡浪涛，雪峰皈依。

2016年9月4日晚11点30分

花痴

凌晨起，回想往事，不甚伤感，捂痛诗之。世间亲情有几多？以心交心结善果；莫道花痴多坎坷，香泥一钵传诗话。

桂叶占高枝，落花未见籽；
秋风香如故，何必笑花痴？

2016年9月7日，白露

十三字令·宁静致远

宁，万般纷扰心自定，休与人论斤。
静，万籁俱寂神志清，言与语无心。
致，给力达标情趣寄，莫让心智迷。
远，浪花坎坷奔腾急，波涛海天里。

2016年9月8日凌晨

韶山梦回

纪念毛主席逝世40周年。

湘江浪飞舟，韶山四十秋；
昔日天地恸，江河泪横流。
观音石伢生，戎马一挥袖；
中华太平日，大爱君莫愁。

2016年9月9日清晨

十三字令

师，咬文嚼字文章识，教诲天地知。
道，艰辛跋涉五岳遥，智慧人生教。
德，礼义仁爱善孝和，欢庆教师乐。

2016年9月10日凌晨

落　叶

见窗外秋雨凄凉，甚感人世之悲凉……

秋雨寒窗一夜愁，声声树下冤死仇；
岸上翠榕须泪泣，点破雾天漫江流。

2016 年 9 月 11 日凌晨

月 渐 圆

浪花月潮渲，万佛传诗缘；
广霖旗山玉，风高月渐圆。

2016 年 9 月 12 日凌晨

子　夜

寺深犬吠闻，夜半惊断魂；
极乐世界远，蝉蛙寂无声。

2016 年 9 月 13 日子夜

子　时

天地怜吾生，睡醒梦儿孙；
福中南屿渡，苦海浪花沉。

2016 年 9 月 13 日子时

子　卯

犬吠又一阵，寺院修行人；
卯时传诗叹，龟伏池中生。

2016 年 9 月 13 日卯时

凌　晨

天刚四方亮，水上云雾茫；
浮萍数滴泪，沉鱼知天光。

2016 年 9 月 13 日寅时

清　晨

天顺时针转，人往高处攀；
山涧清泉水，何故下江洋。

2016 年 9 月 13 日寅时

心　叶

沉塘水泛黄，一叶绿中央；
清流何处来，凡尘浑可染。

2016 年 9 月 13 日寅时

四 院 士

福州闽侯南屿镇出4位中科院院士：庄巧生、庄文颖、唐仲璋、唐崇惕，风水宝地也。

南屿四院士，风水宝地赐；
庄家父女俩，唐门双士至。
巧生百岁驰，文颖研菌痴；
仲璋耄耋飞，崇惕蠕虫治。

2016年9月13日清晨

浪 急

在网上见游部长推荐高人之感恩诗，吾正在温泉公园夜游，即兴和之。

千泓万里过漳溪，云峰耕读牧童笛；
立雪书院苦笋颂，浪里淘沙滩上急。

2016年9月13日晚上

牡 丹

国色天香醉牡丹，蝶飞花丛遍地芳；
雍容富贵生机勃，海峡四季暖阳光。

2016年9月13日晚上

莫　兰　蒂

晚间新闻报道，莫兰蒂台风将在9月15日中秋节登陆厦门等地。有感而诗。

莫兰蒂风流，嫦娥闭月羞；
飞袖抵人间，后羿乐中秋。

纵横风雨吼，天穹云雾谋；
玉兔藏明月，团聚吴刚休。

2016年9月13日深夜

海　　鸥

海鸥一身轻，朝夕风雨情；
莫贪身外物，快乐海天行。

2016年9月14日清晨

追　　月

乘风快乐上云霄，抱得嫦娥梦逍遥；
圆月甜到心坎里，苍海风狂浪花潮。

2016年9月14日

中　秋　夜

天宫二号卫星将于9月15日22时（八月十五晚）发射升空。莫兰蒂台风将于9月15日在福建晋江到广东汕头一带沿海登陆。此时，福州已在风雨飘摇之中……

中秋月渐圆，嫦娥倚栏轩；
天宫二号升，后羿千年缘。

莫兰蒂盘旋，福广风暴天；
海峡滔天浪，团聚浪花渲。

2016年9月14日晚上

圆　月　藏

满天星雨落，一轮圆月堕；
莫兰蒂快递，汇聚星月乐。

夜黑雨滂沱，纵横地上河；
风雨震天响，家家藏圆月。

2016年9月15日，中秋节

中秋水月

中秋银河落福州，月圆驾车乘龙舟；
五四路上嫦娥渡，吴刚酌酒论风流。

2016年9月15日中秋，福州

墙头月

福月墙头圆，琼楼映水天；
天鹅林荫里，江流远山间。

2016年9月15日晚18点

望月

夜上桥头望明月，墙头月照波光斜；
风声无影长空去，建雄月宫云霄越。

2016年9月15日晚20点

月更圆

楼外云天斑斓红，台前枝梅笑空中，
风流已过莫兰蒂，今宵月出更圆通。

2016年9月15日

天　宫　二

天宫二号于晚上22:04点发射升空成功，举国欢庆。吾身处福州，莫兰蒂台风已过，仍不见明月当空。即兴诗之。

天宫二号夜升空，中秋绕月嫦娥拥；
高歌举杯邀明月，风流过后仍无踪。

2016年9月15日夜，八月十五

今　宵　圆

经风雨福潮度中秋，
看今朝日出圆月俏。
爱君莫愁，月圆今宵。

2016年9月16日

十三字令·漫步

漫，风尘路痴林中雾，开心随云浮。
步，登峰攀顶风光谱，极目望天途。

2016年9月16日中午

今宵月

奋臂浪花舞，瑶池星光浮；
圆月当空照，相携婵娟度。

2016 年 9 月 16 日晚上

花好月圆

台风生祸，大雨滂沱，
树折草浸花没，圆月跌落银河。
风雨已过，闽江红火，
相聚节后良辰，花好月圆莫错过。

2016 年 9 月 17 日清晨

浪花游

家耘传诗万首，只言片语常留。
吾欲飞天涯，风欲静，浪不休，
浪花，浪花，勤游学，天道酬。

2016 年 9 月 17 日上午

文嘉品茶

见南开文嘉小学妹文章有感而回。

南开梦秀几多回？文嘉品茶传诗醉；
马蹄湖畔清心月，卧薪尝胆照余晖。

2016年9月18日凌晨

九 一 八

1931年9月18日，九一八事变爆发，东北三省被日本关东军占领。九一八，是中国的国耻日，吾辈应切记。

九一八，九一八，松花江上流浪花。
悲惨年，日侵华，杀我同胞毁我家。
十四春秋血与泪，奋勇抗日捍中华。

九一八，九一八，黄河长江欢腾花。
振兴年，爱中华，壮我江山富我家。
六十七载风和丽，金秋硕果盛中华。

2016年9月18日凌晨

脊梁

国耻九一八，日寇铁蹄踏；
尸骨遍荒野，啼血溅华夏。

今日九一八，强大我华夏；
钓鱼到南海，铁拳捍中华。

2016 年 9 月 18 日晚上

桂舞

金秋十载，桂林花舞风，
鹳鹤斑鸠喜鹊逢，温泉花柔香浓。
晨歌漫舞林中，阳光潇洒草丛；
曾经风流精英，笑谈广宇苍穹。

2016 年 9 月 19 日午时

书香

见游嘉瑞部长七绝诗，有感和之。

永泰林深山路弯，樟溪青云君故乡；
立雪书院苦笋颂，花开梅李溢书香。

2016 年 9 月 19 日晚上

秋　晨

榕叶未见黄，垂须水上凉；
渐近秋分日，紫花熬夜长。

楼映水中央，树藏叽啾郎；
秋翁呼沉鱼，清流在寒山。

2016 年 9 月 20 日清晨

秋　叶

樟叶槭离愁，飘零一片舟；
石砌一汪泉，足下热泪流。

曾经山海游，寻觅藏经楼；
松林寺钟响，玉荷狮岩留。

2016 年 9 月 20 日下午

秋　分　一

平分秋色日夜光，地平线上太阳转；
悄然潜入深秋里，窃得一寸暗中香。

2016 年 9 月 22 日凌晨

秋 分 二

天色未见亮，何故秋分藏？
草木知秋劲，叶枯心可燃。

2016 年 9 月 22 日凌晨

秋 分 三

秋分金菊黄，正午头影藏；
枯花不离枝，品味苦涩甘。

2016 年 9 月 22 日午时

秋 分 四

午后 4 时许，是秋分时刻。

午后觉醒凉，秋分四时掸；
挥毫方寸里，涂鸦漫天荒。

2016 年 9 月 22 日午后

秋 分 五

浅水龟行，童竿搅乱头晕。
水入天，湖中林，秋分日，何多云？
不到黄昏石泉涌，赤足浪花兴。
金龟子，幼童擒，无奈偏舟背甲怜。

2016 年 9 月 22 日傍晚

深 秋

闽都潘连海，秋浓小楼台；
桂林美狐灵，雾锁心湖霾。
曾经白云载，水天苍鹭来；
爱心抚苍生，深秋金风采。

2016 年 9 月 23 日午时

觅 蚌

漆黑湖畔天，水泛珠光点；
含衾玉蚌娇，珍藏何处寻？
淤泥藕根连，沉鱼夜未眠；
睡莲掌上珠，敲醒蚌中仙。

2016 年 9 月 23 日晚上

鸡　鸣

藏在暗中啼，圆梦心太急；
三十八日夜，遍地肯德鸡。
绒毛抚羌笛，清白蛋黄稀；
雌雄未分晓，何处良禽栖？

2016年9月24日寅时

大叔走好

惊悉大叔文龙子时去世，不禁万分悲痛，往事浮想联翩……大叔享年90岁，曾经是一位抗美援朝的志愿军军官。我的名字是大叔从朝鲜寄来的“海涛”与“剑风”中选其一，因而我常用笔名“剑风”。

大叔今天走，九十一回眸；
战火纷飞日，汉城死里逃。
鸭绿江边潮，冰雪守战壕；
飞鸿传佳音，剑风卷海涛。
大叔文龙豪，百岁人生好；
子孙美中兴，香火环球绕。
长城长江嚎，月寒星颤抖；
苍龙九天去，风雨兰谷摇。

2016年9月24日午时

缅　　怀

缅怀大叔，曾经戎马生涯，淡泊名利，热爱生活，仁德有爱……

长夜未醒山城天，
文华升，龙云卷，
曾经战火，抗美三八线。
富屯溪水闽江源，
家斌传，双子炫。
清晨海涛溯山涧，
剑风起，浪花渲，
穿山越岭，铁城傍晚间。
大叔音容笑颜在，
菊流金，泪如泉。

2016 年 9 月 25 日清晨

山　中　树

苍翠山中树，枝长根无数；
日夜生精华，岁月飘云雾。

霜雪惊雷怵，枝离落叶铺；
悄然参天时，春秋有几度。

2016 年 9 月 27 日凌晨

成　　材

树高展风采，断木栋梁材；
风霜雨雪生，雕梁刻柱来。

泥瓦顶层盖，落叶化尘埃；
枝离破碎时，勿忘薪火柴。

2016 年 9 月 27 日凌晨

栗　　子

常在山林中，刺头如花蓬；
熬到脑壳落，遍地栗子松。

齿鼠闻风动，山人筐里拢；
论斤八九十，点心铁城逢。

2016 年 9 月 27 日午时

浪　　花

山野浪花渲，诗潮陆游前；
足踏洪峰起，昔读苦笋篇。

2016 年 9 月 27 日

寻　游

武夷熙春紫云边，一梦天游太白仙；
酢公水云寮前坐，九曲流出朱熹贤。

2016 年 9 月 27 日

风　流

文风九州孔孟传，飘入江湖九彩光；
宫阙盛扬清平乐，府衙风流巡视官。

2016 年 9 月 27 日

清　泉

清观泉流一炷香，皓首登崖雾茫茫；
光影云中映象日，太白飞瀑九天上。

2016 年 9 月 27 日

鸟　瞰

攀崖鸟瞰海天宽，海涛滚滚奔蛮荒；
黄尘万里流沙沉，碧波扬帆到五洋。

2016 年 9 月 28 日

台风鲇鱼

鲇鱼欲登厦泉港，暴雨倾盆呼风狂；
骤然暗中浓雾起，高楼眼下富屯茫。

李纲熙春山前站，严羽沧浪阁楼暗；
春晖数月金秋雨，远山高铁到何方？

2016 年 9 月 28 日凌晨

夜　空

生命在燃烧，充满光和热；
江河在奔流，充满情与爱。

当光热离开你我，世界没有了窗口。
当情爱离开心灵，浪花没有了回眸。

那是远去的日月，沉淀了无数的伤痛。
那是寂寞的山城，深藏着无穷的乡愁。

青春在深秋苍凉，草木在枯萎凋零，
只有心还在跳动，流淌着激情的血。

2016 年 9 月 29 日凌晨

燕　归

乳燕衔春归，秋叶落几回；
北院碧青嫩，韭黄抚琴追。

下河卵石累，黄昏灯影垂；
故里童叟遇，数尽风流没？

2016 年 9 月 30 日凌晨

浩　宇

腾空遨游天宫月，缭绕嫦娥裳袂。
飞起火箭百万载，旋得日月星斜。

地球湛蓝，浩宇星越，海竟如蚁穴。
天地乾坤，谁人曾与相见？

而今我谓浩宇：不要这远，不要这多星。
金木水火土，海天王冥为储。

一串行星，一路光明，一样温暖情。
骄阳盛世，环宇人间乐园。

2016 年 9 月 30 日午时

烈士纪念日

每年9月30日是中国烈士纪念日。今天是第三个烈士纪念日，习总书记率领党政军领导及各界人士3000余人，在北京天安门广场举行盛大活动，在人民英雄纪念碑前敬献花圈……吾感慨万千，赋诗一首为纪念。

天安门前英雄赞，中国烈士日怀殇；
习总率领中国祭，先烈浴血山河捍。

六十七载国平安，艰苦奋斗克万难；
勿忘中华民族魂，英雄志在中国强。

2016年9月30日晚上

古　　樟

紫云沧浪深秋凉，古樟心枯朽不堪；
遍地碎石荒芜处，千秋落叶严羽茫。

2016年10月1日下午

谷　　穗

谷穗弯腰累，颗粒满仓堆；
织女酿酒忙，牛郎通宵醉。

2016年10月1日晚上

亲　　情

小叔、小婶设晚宴，幸福快乐温馨的四世同堂大家庭。

国庆晚宴合家欢，熙春富屯情谊长；
叔婶怜爱浪子疾，和睦温馨四世堂。
晨雾日中夜雨茫，几多伤愁咽肚肠；
举杯一饮亲情酒，涓然泪落袖里藏。

2016 年 10 月 1 日晚上

莲　　鸭

池塘浮藻洼，黑白两只鸭；
残枝败叶中，思恋睡莲花。

2016 年 10 月 2 日晚上

紫　云　游

三丰故里紫云游，琼宇灯火倒影流；
李纲严羽一路行，划破星网天际留。
熙春太极舞方遒，嫦娥月宫垂帘钩，
北斗飞落喷泉起，醉卧溪边北城楼。

2016 年 10 月 2 日晚上

梦　归

白驹时光超，婵娟呼金猴；
相邀蟠桃宴，九九乐今宵。

一夜风雨谋，浪花追源头；
建民逢织女，同窗五十秋。

天命知风流，历尽几多愁；
黄花秋菊在，猴年返春留。

2016 年 10 月 3 日凌晨

重　聚

偶遇一声唤，重聚梦一场；
少小奔东西，情趣难相当。

今宵举杯欢，包容一桌谈；
眉梢随眸转，无意点歌唱。

2016 年 10 月 3 日晚上

觉　　醒

高居夜空楼，灯火山水流；
暗中寻花草，近处荒鸡休。

牡丹花探头，香潜梦中游；
谁言梅枝寒？花开数十秋。

2016 年 10 月 4 日

月　山　关

夜上月山关，聚鑫园欢畅；
五里亭路远，芹田秋收忙。

六九春上山，桥头溪水寒；
知青双抢累，黄昏风尘茫。

2016 年 10 月 4 日

论　　爱

爱是酒，喝多就醉。有人疯狂，有人沉睡。
爱是茶，喝出品味。几多清醇，几多名贵。
爱是水，喝到肠胃。终生渴盼，滋润心肺。

2016 年 10 月 4 日

风　尘

风无影，尘有踪。
风仗势，尘迷蒙，
风狂无所畏，尘埃遍地逢。
千古风流几度去，
留得尘土堆荒冢。
风尘有别，谁是英雄？

2016 年 10 月 6 日凌晨

回　母　校

半个世纪后再回母校邵武一中。郭胜光校长是我读大专时教微积分的老师。与校长促膝恳谈了一个多小时，补上了未参加 50 周年校庆的遗憾……

母校一中半世纪，岁月难抹少年忆；
当年校长遭迫害，海涛目睹永铭记。

上午获准登云梯，校长胜光热情溢；
呈上七书诗春秋，师生君子清泉第。

2016 年 10 月 6 日下午

寒　露　泉

一堆乱石寒露泉，树下荒草落叶绵；
难得深处温情涌，足下水漫乌云天。
风吹掠影水中圈，零星撒落无数点；
长腿白鹤巨石霸，湾边灵狐何处闲？

2016年10月8日傍晚

雨　中　亭

六角亭外秋雨喧，暮色将暗寒露天；
湿透林中落叶草，避风躲雨八方贤。
心念河滨汤丸鲜，林中湖水流湾边；
雨中漂来千叶舟，载我浪花溯桃源。

2016年10月8日傍晚

重　　阳

台风吹重阳，冷雨晚秋寒；
欲上重霄九，天鹅展翅扬。
白鹭榕须含，黄花枝头绽；
风花雨淋夜，一江落叶黄。

2016年10月9日，重阳节

红　楼　梦

央视四套播出1987年版《红楼梦》剧组人员30年重逢节目。一曲《葬花吟》何其伤感：“花谢花飞花飞满天，红消香断有谁怜……花落人亡两不知!”贾宝玉饰演者欧阳奋强，也已白发苍苍。

王导扶林红楼梦，欧阳奋强宝玉红；
晓旭黛玉葬花亡，邓捷爱哆王熙凤。

贾蓉贾芸惜春中，香菱湘莲海外逢；
三十春秋风流过，史诗赞美遍山松。

2016年10月9日

日　月　藏

重阳无日光，中秋圆月藏；
两起台风刮，九霄云水茫。

福泉晨舞狂，桂花叶飘香；
白鹤鸦雀乐，草嫩叶枯黄。

2016年10月9日，重阳节

东非大裂谷

今晨观中央电视台9套《东非大裂谷》有感。

落差两万丈，兀鹫崖顶盘；
蝙蝠夜出游，狒狒地穴藏。

岩蹄兔日光，变色龙梳妆；
大象拔地起，角马两百万。

紫羚羞无胆，猴甲虫巨贪；
薮猫夜间行，银背黑猩狂。

特尼克莲花，攀云登火山；
奇葩异草生，东非裂谷长。

2016年10月9日，重阳节

温　泉　魂

到黄宝春先生书法室拜访，得知其外婆是福州建新冯宅村游氏女，系同村本家的外孙，倍感亲切。福州温泉公园的温泉垒石池边有一石刻，是其墨痕。吾欣然诗之。

委蛇曲径探宝春，墨染泉池苔迹深；
冯宅外婆孙子牛，林荫府内温泉魂。

2016年10月9日傍晚

金 不 换

网上米渊儿发来金不换照片，吾即兴诗之。

南瓜藤蔓攀高墙，绿叶圆嫩无花扬；
米渊儿美妙龄召，盆中茂盛金不换。

2016年10月9日晚上

武 昌 起 义

今天是辛亥革命纪念日。吾感慨历史风云变幻，伏笔诗之，以舒情怀。

武昌起义枪声响，文学共进革命党；
刘公孙武蒋翊武，黎元洪推都督当。
黄兴孙文早造反，袁世凯逼帝退让；
全国遍地举义旗，大清政府帝制亡。
临时总统孙中山，协议让袁总统当；
军阀混战烽火起，中华无处不血殇。
辛亥革命民国创，千年帝制被推翻；
内战外侵数十载，太平盛世祭豪强。

2016年10月10日凌晨

马　尾　游

今天驾车往马尾，走访多家物流企业，皆在荒郊。人到海边未见浪，真遗憾。

穿山越岭马尾游，一路走访数风流；
但见尘垢棚屋内，几多财富险中求。

霜降渐至崖谷愁，犬吠鸡飞杂乱纠；
物流车辆山寨藏，海边未见浪花悠。

2016 年 10 月 10 日傍晚

钱　学　森

昨晚中央电视台“国家记忆”节目播出中国导弹之父钱学森先生的故事。

钱学森，赴美德行学问研，核能高精尖。
钱学森，中华骄子立夙愿，核弹为国研。
钱学森，国家记忆载史篇，导弹君率先。

2016 年 10 月 11 日凌晨

江　　山

江山万里长城留，千古山河守。
曾经烽火连天，世代变迁稠。
功与过，争不休，霸王谋。
过往风流，谁站枝头，岭上城修？
江山自古水东流，南水谁调头？
曾经京杭运河，千秋落叶逅。
功成建，最不休，志已遒。
过往匹夫，何为老大，逆水行舟？
江山今朝数水牛，三峡水库头。
曾经叱咤风云，激流浪飞舟。
功名就，莫言休，壮志酬。
今后神州，谁舞银蛇？高坝电流。

2016年10月11日凌晨

英雄娄山关

娄山关上泽东芳，晓风晨月雁飞霜；
廿七邓萍长空哮，百年道金山头王。
八十一度雄关漫，多少英雄下夕阳；
而今回首红军路，苍山云海马蹄扬。

2016年10月11日上午

深　秋

深秋寒露已过，到福州温泉公园散步。

深秋踏歌，一路百花开。
温泉划弧，三代妇孺甜。
雀舞林间，遍地米花香。
牵绳跳圈，童趣乐空前。
举足投缘，石坝涌热泉。
仰望高楼，心随云上天。
问鼎苍天，此处桃花源。
挥洒浪花，砚墨伴温泉。

2016 年 10 月 11 日下午

庄　奴

庄奴先生昨天去世，不甚感伤。庄奴与乔羽、黄霑并称为中国三大词作家。邓丽君名曲《小城故事》《甜蜜蜜》等歌词皆其所作。晨起以诗为敬。

三千歌词一生乐，景义黄河庄奴得；
九五之尊三词圣，小城故事丽君歌。

抗日学飞渡黄河，挥笔作词庄奴择；
记者编辑话剧演，台海璧山驾黄鹤。

2016 年 10 月 12 日凌晨

小　草

踏着晨露，我漫步走，一路是小草。
小草含泪对我笑，莫湿你的脚。
走进寒露，我无法逃，一人心枯焦。
小草含情对我道，莫折你的腰。
我爱小草，走遍天涯海角，
小草爱我，陪我冬眠春晓。
待到日落西山后，明月共春宵。

2016 年 10 月 12 日清晨

行　舟

晋安行舟浊浪中，废物打捞负载重；
榕须千万垂下水，岸边美人花绽红。

2016 年 10 月 12 日午时

碗　茶

泛绿清香茉莉娇，浓郁涩味醉红袍；
醇厚情深铁观音，淡雅无色白茶烧。
安化黑茶金花潮，安溪名茶乌龙翘；
红绿黑白黄五色，海涛茶碗百味倒。

2016 年 10 月 12 日

爱　心

心不变，步不停，追求圆满执着行。
长短时分秒，快慢日夜新。

春不快，冬不停，感受轮回岁月新。
四季平均时，冷暖分秒精。

人不变，爱坚定，相携同心步履勤。
一路循规走，团结连爱心。

2016 年 10 月 12 日下午

鼓　岭　王

观音乐剧《啊，鼓岭》有感。

鼓岭柳杉王，百年戏一场；
少小三人恋，生死梦天堂。

鸿雁海天传，中美隔重洋；
三代情谊在，相聚福姑娘。

2016 年 10 月 12 日晚上

泥　土

晋文公饥荒，农夫以泥赏；
泥含万物灵，土为国之王。

花草林木藏，飞禽走兽亡；
天命数尽时，磅礴走泥丸；

风流尘飞扬，热血洒江山；
亲吻脚下土，故里泥更香。

浩瀚星空茫，脚踏尘土上；
泥含你和我，地老到天荒。

2016 年 10 月 13 日凌晨

秋　榕

秋榕生籽，坚果颗粒；
枯叶失宠，暗地丢弃。
榕根长叹，须多顾忌；
腰粗裙长，枝杈不离。
水上苍天榕荫匿，心潮起伏晨鸟啼。
随缘伴君石阶坐，晋安流水垂榕泣。

2016 年 10 月 14 日清晨

岁 月 稀

网友有言：人生是海，总有波涛，需要一颗勇敢的心去乘风破浪；成功是路，总有坎坷，需要步步踏实方能前程似锦。

海是浪花无边际，涛是波澜跌宕起；
狂风暴雨惊天雷，游子飘零岁月稀。

2016 年 10 月 14 日晚上

亿 元 赠

上午，南开大学周海冰校友和侯莹校友向母校捐赠一亿元人民币仪式在南开大学数学科学学院举行，周海冰校友作了《南开：总有一种力量，让我勇往直前》的发言，震撼了南开校友的心。

南开校友遍八方，恭贺校庆飞报传；
海冰侯莹亿元赠，震撼全球校友赞。

数学英语两相伴，九霄云天亿万茫；
难得奋斗数十载，财富人生敢担当。

2016 年 10 月 16 日晚上

龙文明

下午潘华弟介绍认识张耀建兄，交谈甚是投缘。建兄著书《周易》9本，即将出版……

图腾飞龙舞，周易文王著；
易经孔子编，中华文明树。
耀建周易书，九卷台海渡；
今赠古文明，诗歌万首浮。

2016年10月16日晚上

生春红砚

网上爆乾隆皇帝所觅《十砚轩砚（其二）生春红砚》惊现黄任莘田故里永泰立雪书院。有感。

金秋闻生春红砚，乾隆未上立雪院；
嘉瑞携来莘田娘，漳水泼墨苦笋萱。

2016年10月17日清晨

午餐

冬至午餐宴，乾坤斗室间；
王孙豪门富，莫过一口鲜。

2016年10月17日清晨

问　山

开山裂石慌，断木成栋梁；
和泥火烧瓦，草木灰烬香。

口中百味尝，肚里肠道弯；
何处心归宿？千古问青山。

2016年10月18日凌晨

启明星

夜空中最亮的星，
是北斗？是金星？
为何忽闪忽闪，或暗或明？

人世间最亲的情，
是父母？是爱情？
为何忽远忽近，若失若离？

黎明前的黑暗，
总是那么令人心沉，
我默默地打开窗，
看见夜空中的启明星……

2016年10月18日凌晨

康乐养生

赴旗山温泉度假村，考察海峡森林国际康乐养生基地，有感诗之。

红豆杉雾浓，遍山温泉涌；
林深瑶池浴，松藏芳梅红。

天高楼长空，彩莲婷正东；
海峡缨王咏，康乐养生中。

2016 年 10 月 18 日深夜

南屿通

风云一路奔南通，枣柿珍子万佛供；
求得旗山观音爱，微波荡漾白鹭逢。

2016 年 10 月 19 日清晨

轿车快

南屿一路转几渡，时光花去风尘浮；
欣然使得轿车快，观音湖岛栖白鹭。

2016 年 10 月 19 日清晨

旗 山 书 院

上午到福建省民政厅、福建省文化厅办理旗山书院的相关手续，闲坐等官人，闲诗有感而作。

学戒三幢法师坛，万福讲堂叠嶂上；
旗山书院云中日，中华文化盛世传。

秋娜主持政务忙，吉祥云飘上远方；
闲坐文化人事处，静候官人解方框。

2016 年 10 月 19 日午时

旗山居士楼

旗山石松云，般若堂边亭；
清风伴明月，桂香含梅馨。

晨钟催人醒，长夜灯未眠；
万佛凝神注，莲波涌观音。

朝露透山清，幽兰入心灵；
日出彩霞顶，风雨长廊行。

庙宇殿堂兴，络绎往来宾；
旗山佛指峰，居拥万佛亲。

2016 年 10 月 20 日凌晨

万佛居士楼

万佛居士楼半边，石松古殿墙外缘；
箱笼家私接踵至，寺内长发夜安闲。

秋雨零星随风点，浓雾迷茫锁山巅；
般若堂前养生池，苍松翠榕梅竹萱。

2016 年 10 月 20 日晚上

旗 山 渐 亮

微波泛，白鹭翔，
观音岛湖生灵长，
山水映天光。

芙蓉开，金桂香，
菩提树旁佛殿敞，
旗山天渐亮。

秋蝉鸣，林鸟唱，
殿堂经声晨空扬，
万佛盛世传。

2016 年 10 月 22 日清晨

旗山宝地

南屿风水神州罕，中科院士出四强；
旗山云绕广霖泽，万佛大刹东南冠。

观音擎天三十三，玉佛万尊华严坛；
法堂大佛世界最，中华名观聚旗山。

2016 年 10 月 22 日午时

万佛清晨

旗山朝霞光，白鹭水天翔；
万佛华严会，遍山着盛装。

圣境大气象，山水智慧藏；
广霖佛光照，祈福十万方。

2016 年 10 月 23 日清晨

万佛开光

万佛法堂佛开光，八届闽台佛论坛；
四海高僧居士集，旗山华严鼎盛扬。

2016 年 10 月 23 日午时

一 片 云

梅之孙友的同学一片云从香港来万佛寺当义工，加为微信朋友，即兴诗一首，以为趣。

明月一片云，银河满天星；
碧海千层浪，涛歌乘风行。

2016 年 10 月 23 日傍晚

山林独宿

长夜难眠寂寞天，暗山密林斑鸠闲；
明月不知何处去，隔窗桂花香入潜。

2016 年 10 月 23 日晚上

攀 亲

金凤梧桐生云峰，立雪书院女书童；
潇洒拂云书千丈，苦笋长笛磬竹颂，

海涛奔腾巫洋泓，程门立雪游家风；
快乐时分诗万首，微雕人生嘉瑞逢。

2016 年 10 月 23 日晚上

山林雨梦

一夜滴答山雨花，几多滋润草木发；
静思无梦遇灵狐，枕戈待旦数风华。

2016年10月24日凌晨

山 林 花

海上腾云驾，随风南屿下；
万丈飞星雨，旗山遍地花。

湖岛观音大，微波神龟划；
香粉潜入泥，长夜梦芳华。

2016年10月24日凌晨

生 芳 华

菩提树旁芙蓉花，一夜风雨花溢发；
天王殿前三圣光，广霖旗山生芳华。

2016年10月24日凌晨

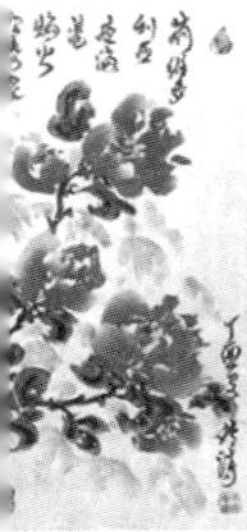

诗芳华

风流山水画，雨落诗人家；
夜宿椰树梢，根留满地花。

2016年10月24日清晨

十三字令·榕

榕，粗大结实满树杈，叱咤风云驾。
榕，心叶无数生精华，翠生金黄嫁。
榕，长须飘扬盘根扎，风雨泥中发。

2016年10月24日清晨

万佛居

朝踏露珠白雾追，万佛鼎立巧匠随；
殿堂楼台遍山起，琉璃瓦上天王辉。

西岭椰林宿鸟归，相邻居家乐一堆；
举杯共饮忘乡水，笑谈夜深山风累。

2016年10月24日晚上

魂绕九日台

剑兰芳照九日台，四重琵琶绿女怀；
笙歌乐奏于山夜，月下花香魂飞来。
椰树老鸹情窦开，广寒明月天蓬爱；
但得西游取真经，直上瑶池舞风采。

2016 年 10 月 24 日晚上

孝　子

每当腹子跳心房，轻吟诗歌数衷肠；
床前怀揣明月思，人生将为功名忙。
幼读牙语学鸟唱，成就无知酒肉香；
日上三竿儿方醒，书进一尺斗金量。

2016 年 10 月 24 日深夜

芙　蓉

子夜花重叠，山风香浸叶，
早起点唇红，暗中露睛瞳。

觊觎左右邻，虫鸟未见鸣，
抖擞衣冠袖，悄悄梳花容。

2016 年 10 月 25 日凌晨

龙 泉 山 庄

龙泉清流莲花盘，一串玉珠水上亮；
桥连对岸林中亭，波光倩影浴金汤。

2016 年 10 月 25 日晚上

龙 泉 夜

玉龙乘夜喷泉咆，王爷挥臂脱锦袍；
旗山林中瑶琳境，樟溪温泉清心潮。

2016 年 10 月 25 日晚上

南 开 恩 来

恩来南开为谁读？为国崛起而读书。
恩来一生为谁度？无私奉献爱民族。

南开恩来主楼矗，春夏秋冬一年度。
南开恩来爱南开，南开百年爱无数。

2016 年 10 月 26 日凌晨

闽台佛教盛典

八届闽台佛教盛典，万佛高僧云集空前；
佛学论坛书画相赠，雪峰祖禅义存千年。

秋高气爽南屿佛缘，旗山风光气象万千；
般若高尚广霖功德，万佛玉成观音海天。

2016年10月27日凌晨

四海一家

四海一家聚民建，金秋丹桂论逸仙；
苍榕碧翠福寿康，百岁人生快乐天。

2016年10月27日凌晨

谢老师

与南京画家谢老师交谈，得知谢老师网名：云山飞泉润苍松。即兴而诗。

云山飞泉润苍松，挥毫泼墨叠嶂峰；
但见高僧磐石立，雾绕群山林海中。

2016年10月27日清晨

窗台花

茉莉水竹绿蔓华，满盆梅枝探天花；
水生观音露珠盈，月入寒舍暗香发。

2016 年 10 月 27 日上午

迁居

昨天傍晚元火弟帮我载来两轮电瓶车及些许家私，又到南屿镇上换来新壶。邻里呼之小酌，共饮快乐，晨起小诗之，以为记。

车载风火轮，家私急急运；
提壶换金汤，侧上观音盛。

家居峰边静，衣架阳光新；
楼角呼小酌，围坐罗汉亲。

2016 年 10 月 28 日凌晨

观音白鹭

观音水天迎朝曦，白鹭湖上翔彩霓；
浪花微波心潮涌，映心照影晨光栖。

2016 年 10 月 28 日清晨

万佛鼎

旗山万佛兴，天王殿前鼎；
香云观音岛，林中昱广霖。

2016年10月28日清晨

乐空前

今晚做东，邀请邻居聚餐。人生何处不快乐？

林峰新居旗山缘，高楼共天夜月圆；
一桌珍馐山里出，比邻星座乐空前。

2016年10月28日晚上

书法演绎

方丈挥毫厘，佛心映天地；
墨入木三分，字飘云天里。

海浪闻风起，书法名家齐；
偷得笔中闲，落荒染布衣。

2016年10月28日晚上

田字一号

此时，福州西湖宾馆正召开零污染循环农业技术发布会暨田字一号平台双创说明会，企业领导、专家、教授等介绍田字一号产品……

西湖莲花天棚开，田字一号诸君来；
专家教授论养殖，自然生态田字菜。

2016年10月29日下午

田头菜

昨天晚宴上，“田字一号”邱源彬董事长前来敬酒，对我说，前五六年就认识。原来是创办教学培训机构的邱总……我为田头菜而诗赞。

田头相识几度秋，字里行间数风流；
一路田猪西湖香，号外新闻万户侯。

邱商汀水上海游，源脉温泉福中悠；
彬彬侯山长汀城，豪杰聚义菜田头。

2016年10月30日凌晨

晚　归

西湖夜归晋安桥，福万通映水天楼；
榕怀须知秋月晚，几多落叶随波流。

2016 年 10 月 30 日凌晨

鹤舞晨风

邢沛兴先生 1926 年生，河北人，当过八路军、解放军、志愿军；另一位女士 1934 年生，参加过解放战争。他们常在福州温泉公园跳交谊舞，快乐开心！

白鹤丹凤舞晨风，桂花林中香溢浓；
曾经沙场浴血战，百岁人生快乐中。

2016 年 10 月 30 日清晨

星空渺

月宫灯高照，星团光球绕；
髯须含龙珠，柏芝亮奴娇。

露珠路边瞧，美人花娘俏；
九龙吐芳华，夜空星光渺。

2016 年 10 月 30 日晚上

落　叶

落叶知秋寒，枝离心悲伤；
曾经嫩芽发，风华溢芬芳。
落叶莫言荒，根旁倍温暖；
明春老树绿，快乐伴花香。

2016 年 10 月 31 日凌晨

万　圣　节

万圣节荒唐，西域鬼怪狂；
地狱十八层，勇闯鬼门关。
聊斋松龄幻，辛家十四娘；
灵狐爱情深，冯生夜狂欢。

2016 年 10 月 31 日清晨

一　群　娃

瓜果点心花，围坐一群娃；
笑声叽喳语，童趣少年华。
木桌成材架，盘碟白泥榻；
蚕丝蝶彩衣，硕果众人夸。

2016 年 10 月 31 日上午

游　嘉　瑞

八闽之子摩崖刻，寿石微雕壮山河；
云峰案头游嘉瑞，立雪耕读第一哲。
善字大爱师功德，百砚千石万书舍；
苦笋颂诗竹韵风，巫洋万古流芳泽。

2016 年 10 月 31 日午时

亮　九　重

师兄约我为其 9 年重逢的挚友写一首诗，吾欣然应允。

川上俊良美玲钟，九度春秋成都逢；
崔郎建功进士第，朱门绣女闽山红。
金秋明月照汉中，诸葛草船借东风；
一夜火烧云霄里，星光满天亮九重。

2016 年 10 月 31 日晚

海　上　潮

何物再世着锦袍？张口污垢含之殀；
书法画道诗话天，蛮荒野草乌鸡藐。
千古闽都数文豪，仙风侠骨于山道；
福中温泉茉莉香，苍榕狭路海上潮。

2016 年 11 月 1 日凌晨

云　雾

云雾最知晓，凌晨山林绕；
未见日出时，苍茫天地飘。

拨云迷雾走，山路脚底潮；
心随云飘浮，白云日上头。

2016 年 11 月 1 日拂晓

忆　当　年

朝气蓬勃凌云天，风华正茂春满园；
勤奋拼搏顽强志，硕果累累忆当年。

2016 年 11 月 1 日午时

如　意　树

如意山水跨，栈桥云游侠；
头枕巨石卧，峰林古堡家。

2016 年 11 月 1 日午后

侠 天 下

尤溪瀑流侠天下，天柱有源擎山崖；
石壁林立山风啸，长虹腾飞挂碧空。

高山截流万丈坝，林海横空飞桥架；
人在云中雾里走，灯红鼓乐悬空花。

2016 年 11 月 1 日晚上

梦 一 场

夜半醒来梦一场，投宿知遇交心忙；
瞬间车船时辰到，窗外衣落拾蛮荒。

复上楼来人群茫，往来未见一面像；
身无分文机亦失，签名簿上无头账。

2016 年 11 月 2 日凌晨

楼 边 华

邹鲁兴化郎，顺风旗山展；
华彩焕然新，智慧福泽长。

2016 年 11 月 2 日清晨

春 泽 赞

旗峰春泽林侯官，成化生就诗对善；
户簿关税清廉吏，百岁周三承德郎。

2016 年 11 月 2 日午时

传 科 赞

周礼孔孟赞，义重福鼎撼；
科举盛世才，传播云天展。

2016 年 11 月 2 日下午

皆大欢喜

书写诗篇，笔墨流连，
耕耘毫厘方寸田，知向何边？
山林有源，石出清泉，
激流弯曲分秒间，浪击花悬。
楼下空间，斗室桌前，
皆大欢喜指掌缘，传诗万卷。

2016 年 11 月 2 日晚上

橘　红

一朵心花开，曾遇蜂飞来；
结果金秋红，酸甜瓤中猜。

百味人生采，日月风雨载；
团圆吉祥果，无君不喜爱。

2016 年 11 月 3 日凌晨

秋　生

醒来一身轻，暗中心自明；
偷得一时光，吟诵山海经。

睡过忘古今，明知峰顶近；
登高揽秋月，云山雾未清。

2016 年 11 月 3 日凌晨

上 旗 山

一时飞车越双江，风驰电掣上旗山；
携来白云铺锦绣，苦笋生花竹林旁。

2016 年 11 月 3 日晚上

夜　光

南屿星光灿，歌舞院士欢；
清风廉洁吏，接踵上忠观。
旗山灯火亮，万佛僧侣忙；
湖岛白鹭休，观音星云象。

2016年11月3日晚上

长征五号

昨晚中央电视台播放“长征五号”火箭发射成功的报道，万分感慨，诗之赞之。

十年磨一箭，长五冲上天；
空间能力大，赶超俄美前。
环宇少壮先，严慎细实潜；
长征云天上，中华精神年。

2016年11月5日凌晨

太　空　探

我欲飞，乘机上广寒，风雪路迷茫。
我待飞，长五太空探，银河星光灿。
我起飞，雏鹰海天翔，生命迎晨光。

2016年11月5日凌晨

夜 深 藏

月下夜深藏，河滨入港湾；
星在水上漂，鱼潜水底欢。

楼上灯光亮，天宫烽火燃；
长征五冲天，嫦娥通宵忙。

2016 年 11 月 5 日清晨

万 佛 禅 音

万佛华严圣会煊，僧侣信众夜未眠；
鼓乐经声绕梁出，禅音直上九重天。

观音湖岛水天连，白鹭暗飞波光炫；
祥云镶红天边峰，旗山佛光日出前。

2016 年 11 月 6 日凌晨

禅 茶

禅智慧，潜心修道长，尝胆辛甘随。
茶品味，天游水云寮，九曲红袍皈。

2016 年 11 月 6 日清晨

珠海航展

见中央电视台播报珠海航空展，万分感慨，为中国航空事业的发展喝彩。

珠海中华天，八一领航先；
英俄彩虹绕，翼龙九天煊。
勿忘日侵年，倭机低空旋；
狂轰生灵撼，呼唤神龙现。
中国飞天缘，遨游广宇间；
东西南北中，航空史空前。

2016 年 11 月 6 日清晨

立　冬

立雪梅笔锋，冬寒冻诗虫；
林山居士游，血凝数点红。

2016 年 11 月 7 日清晨

新钿传待

新交知心自刚友，钿藏发鬓旗山头；
传书风云林中宝，诗话南屿名士游。

2016 年 11 月 8 日

旗山冬夜

家宴汤丸鲜，珍蔬香果甜；
山水闷米饭，峰边月儿尖。
伴游居士闲，水映雕栏边；
芳影波光漾，天穹观音现。

2016年11月8日

笃与诚

笃马行竹林，忠实厚道君。
诚为天属性，为人之道行。
笃与诚孰信，执着见真心。
笃信心意定，诚信天道明。

2016年11月8日

峰边芥

峰边新锄畦，芥籽撒入泥；
立冬数行种，山雨催生急。
梅岭云窗立，珍稀林中芥；
旗山传诗语，春前居家席。

2016年11月9日午后

校　友

傍晚福州大学陈健校友呼我与省社科联刘小军校友、海南律师李园丁校友相见旗山，而后驱车往黄金大厦共进晚宴，吾倍感欢欣，即兴而诗。

黄昏雨蒙旗山居，南开健友呼见叙；
海南园丁小军至，回车福中黄金聚。

九九相逢游南屿，天南街灯曾知遇；
双龙戏珠福茅酒，闽江浪花忘年语。

2016年11月9日

悟道四则

游子落水，商海巨舟！
百万游裔，会商图救？
身随影，心随行；
常相照，天地清。
吾赞君一百，君点指难抬；
皆为百万游，武夷天游霾。
君爱浩气长空，吾爱草莽林中；
但闻鸟语谷涧，南北寒暖不同。

2016年11月9日

悟道五则

君子之交，群英荟萃；
众言论坛，发难何为？
锦上添花，落井下石；
幸灾乐祸，悯天怜人。

各有所善，各自所为。

春风得意时，喝得吴刚醉。
落魄风尘垢，门前乱石捶。

水海厅前几人醉，浪花难得走几回；
莫将同门当异鬼，风流时光众人追。

张扬是本性，低调自嘲兴。
无惧寒风冻，坎坷浪花吟。

2016年11月9日午后

西 湖 游

雨夜西湖冷冬菊，光照花团锦簇絮；
湖上远楼灯火亮，树影携友波光叙。

2016年11月9日晚上

山　门

望北翠旗山，湖边回头岸；
观音风雨渡，游子暗中茫。
酢公天游上，立雪程门赞；
水云寮理学，千古笑含山。

2016年11月10日凌晨

冬 不 寒

夜雨未见凉，凌晨握指弹；
野花荒草卧，榕荫墨纸藏。
福中冬不寒，温泉咫尺长；
举足方寸间，开怀天地宽。

2016年11月10日凌晨

美国总统大选

昨天美国总统大选，特朗普当选，南开校友网聊热烈。

美国总统喧，特朗普当选；
商海白鲸跃，中美谱新篇。
中国盛世年，近平领航前；
蓝天蟒龙飞，东西迎春缘。

2016年11月10日清晨

南屿月光

闽侯夜月顶柱光，万旗霓虹名士乡；
灯影晃悠曲乐起，纤夫泊留南屿湾。

2016 年 11 月 10 日晚上

凝　　聚

山林凝聚绿叶铺，冬寒未冻透心骨；
寅支卯粮钟声催，万籁丛中云海浮。

星海无垠月当壶，禅茶有道尚品读；
玉石成佛万众立，源脉旗山南屿渡。

2016 年 11 月 11 日凌晨

遨　　游

山中游，云雾层林飘，迷茫随影渺。
海上游，惊涛骇浪啸，风雨观大潮。
天际游，浮云上重霄，星点一步遥。

2016 年 11 月 11 日凌晨

画　心

画入花鸟世风潮，书写字帖名家高；
欲得书画诗心藏，十分难寻意中骄。

2016 年 11 月 11 日凌晨

山　花

花入峰中画，墨泼红瓣芽；
随行悟禅境，士居化外榻。

2016 年 11 月 11 日清晨

峰　士

峰林红楼，士居岩岫；
云端飘逸，冬寒风流。

2016 年 11 月 11 日清晨

云　亭

拾阶云亭，松竹榕荫；
花簇池畔，山水藏情。

2016 年 11 月 11 日午时

花　簇

花朵娇露，粉红锦簇；
峰边一角，冬春常驻。

2016年11月11日傍晚

陪　嫁　衣

今天是双十一。

阿拉伯数四个一，十一十一全球急；
疯狂购物莫错过，上帝有女陪嫁衣。

2016年11月11日晚上

花　神

窈窕花神，粉红娇嫩；
君悦无奈，姐妹连身。

2016年11月11日晚上

十三字令·雍

雍，容光焕发冬阳开，长安盛世彩。

2016年11月12日凌晨

十三字令·飘

飘，欲上青天追云彩，红心朵儿开。

2016 年 11 月 12 日凌晨

十三字令·牛

牛，草野田中一耙子，蛮劲指日冲。

2016 年 11 月 12 日凌晨

兰　　花

君子幽谷香，常与芳草伴；
山中清泉出，世上读书郎。

2016 年 11 月 12 日清晨

丹　　雀

五朵牡丹开，雀儿叫枝台；
雍容华贵兴，冬阳暖风来。

2016 年 11 月 12 日午时

峰　楼

棕榈峰楼上，山峦殿宇藏；
院中钟鼓乐，墙外兰草芳。

2016 年 11 月 13 日清晨

梅　兰

吊兰一盆清，香梅盘根拧；
兰蔓藤纠结，点红叶边盈。

2016 年 11 月 13 日傍晚

长汀草屋

绿蔓上墙攀，长汀老大房；
娇子知书早，畲母响叮当。

2016 年 11 月 13 日晚上

牡　丹

牡丹母女花，奕奕竞彩霞；
风光山峦远，峰边岩根扎。

2016 年 11 月 14 日上午

牡　　丹

国色牡丹花，天帝七朵霞；
旗山云峰飘，香入居士家。

2016年11月14日下午

心　　亮

日月星辰亮，灯火可见光；
心中热血流，世界眼中窗。

凌晨四处暗，摸索灯开关；
爱善信梦想，合眼心亮堂。

2016年11月14日

家　　乡

绿树层叠山，小河流蛮荒；
峰上红楼士，河滨寓所藏。

栈桥如针毡，淤泥巨石顽；
家在城乡住，流水往何方？

2016年11月14日

日　想

盼日想念云拨雾，峰边悠然牡丹舞；
细雨潇洒飘万里，垂帘月下铭苦竹。

2016 年 11 月 15 日晚

鸟　瞰

鲲鹏展翅飞云天，蓬雀飞跃枝头悬；
鸟瞰高低山水路，鸟通肠道悟本原。

游历曲折忘当年，海浪滔天空谷喧；
涛涌激情托日月，爱笔生花画空前。

2016 年 11 月 16 日晚上

旗山官塘

橄榄枝上敲，新钿峰顶骄；
官塘税花黄，桂圆明月眸。

双子双花俏，传承税赋瑶；
孙辈群英谱，南屿刚新潮。

2016 年 11 月 16 日

谁 超 强

书法数百万，行楷狂草扬；
羲之颜魏柳，千年谁超强？

2016 年 11 月 17 日凌晨

牡 丹

牡丹合家欢，云雀枝头唱；
南屿旗山美，姹紫嫣红香。

2016 年 11 月 17 日晚上

玉 荷

玉荷湖心开，莲子多风采；
叶绿圈中绕，藕连丝根来。

2016 年 11 月 17 日晚上

旗山夜寂

峰边椰树长，暗山数点亮；
烧红夜寂天，居楼花丛香。

2016 年 11 月 18 日凌晨

百　香　果

南美西番莲，果含百味鲜；
天棚铃球挂，王君果汁涎。

清淤除垢渲，排毒养生颜；
莫让宿怨存，整肠健胃全。

2016年11月18日凌晨

习总出访

央视一套播放：11月17日，国家主席习近平乘专机抵达基多，开始对厄瓜多尔共和国进行国事访问。观后感慨，即兴诗之。

主席，近平亲切；夫人，丽媛佳绝；
中航驾云飞海天，厄瓜多尔，总统舷梯旁迎接。
中国为您欢呼，世界为您喝彩。
可知否？云朵浪花中的我，默默地为您护航。
同年生，同插队，同立志，为国兴。
曾相识，未曾记，知心访博士，闽榕最知情。
六一五海文论坛，福中牡丹日出红，
何日喜相逢，榕城旗山中？

2016年11月18日清晨

空　警　机

昨晚央视一套《开讲啦》介绍中国空警机，观后有感。

空警机雷达上天，现代化空战领先；
中国预警两千赞，更超列强五百炫。
航空布网海事监，中华骄儿高科研；
太平盛世人才济，九天乘月星际巡。

2016年11月20日凌晨

冬　思

未寒却渐冷，冬雨夜来无声。
琴轩无语临清晨，梅花溅墨，却在壁上显。
栅栏窗外花未眠，通宵暗中萱，
霎时光亮破晓，隔栏涉过冬万千。

2016年11月21日凌晨

酢　公　天

百万游子鼓乐喧，官商富豪震撼天，
但见含山千秋雪，贫居云峰一分田。

2016年11月21日清晨

黑　茶

应邀参加湖南华莱黑茶文化会。建州控股杨主席谈黑茶，品味高雅。

黑茶湖南华莱风，天尖全球参赞中；
品茗两亿匈牙利，闽都公益梦富翁。

安化黑茶文化颂，建州杨总谈茶浓；
两万创业一品茗，清心舒肺朝气蓬。

2016 年 11 月 26 日午后

黑茶来由

央视七套播放介绍安化黑茶节目，我才知其来由，原来安化茶在储藏运送过程中，发现长有黄花点，认为是霉变。而后发现这种长了黄花点的茶特别好喝，并取名黑茶……

安化茶运长金花，品茗方知味特佳；
制作专攻茶艺道，冠名黑茶扬天下。

2016 年 11 月 30 日零点

欢　歌

昨夜欢歌归，快乐数集美；
尊师红英赞，优秀辅导薇。
长跑八百魁，并列无所畏；
学成五线谱，清风海歌随。

2016 年 12 月 4 日午后

广　茂　华

今天是农历十一月初九，大雪。

大雪无痕牡丹花，旗山缘识广茂华；
凌晨钟敲媚娘梦，子夜鼓入传诗画。

2016 年 12 月 7 日下午

同游九日山

与立雪书院院长游嘉瑞、南院院长洪荣同游九日山。

九日山百丈，嘉瑞书万担；
南院洪荣建，游学登顶瞰。
一佛眺石望，海市蜃楼宽；
风光南安好，与木石居安。

2016 年 12 月 11 日上午

蒲　风　花

今天中午到黄安榕大姐家（福州市文联原主席，大诗人蒲风之女），看见习近平总书记与她合影的两张大照片挂在客厅上。安姐赠给我三本书：《蒲风传》《禾坪大儒黄峭传》及《诗人蒲风诞辰100周年纪念邮票册》。她的女儿是福州市作协副主席，外孙女许涵华1997年生，出版专著《保卫地球——天使之谊》，获金奖。真是世代诗书名家。

蒲风黄金花，诗人安尔嘉；
闽都榕常青，温泉暖篱笆。
外孙许涵华，天使携女娲；
母仪书协主，世代诗书家。

2016年12月15日晚上

江　心　福

昨晚江心福大哥打来电话，说正在看我的6本书和102首百花赞，其中一首石竹花重了，实际是101首，比郭沫若多一首。我十分感动：福哥，81岁的老大哥，大名鼎鼎的作家，会如此用心地看我的作品。

江涛爱传诗，心照星月日；
福中温泉涌，贵在青春志。
游学江山峙，海峡心声驰；
涛歌福万年，微风抚礁石。

2016年12月16日凌晨

飘 红

浮游离枝叶心寒，飘红何故浪花绽？
路人未见风月起，诗雨星落桃花潭。

2016 年 12 月 30 日凌晨

论 诗

游子论游诗，天方夜谭词；
古人未见今，何故寻蚕丝？

2016 年 12 月 30 日清晨

旗 山 顶

今天，参加浙江大学福建校友会在旗山的登山活动。才发现旗山下真辽阔……

旗山岩顶悬，极目南屿天；
浙大牡丹群，传诗登云篇。

2017 年 1 月 2 日中午

天　花

今天是周恩来总理逝世41周年纪念日，吾谨以诗敬之。

天花挥洒，恩公催人泪下。
十里长安路漫漫，
翘首南开，八里台前，
主楼前的您，无畏冰霜雨打。
清风拂袖，总理无私国大。
俯瞰人间，牡丹花艳，
长空中的您，挚诚佑我中华。
新年伊始，伟人兴我华夏。
埋头实干，九州昌盛，
睡梦中的您，可见巨龙升华。

2017年1月8日清晨

夜　聊

花甲岁月十三少，夜半子时牡丹描；
旗山钟鼓僧未醒，传诗书画东方晓。

南开建弟网上潮，日夜欢宴品佳肴；
生逢盛世家道殷，醉眼论天乐逍遥。

2017年1月11日晚上

铁　城　春

夜半驱车入铁城，富屯紫溪粉条腾；
大年三十熙春聚，九一老父家中神。
昨上西湖遵父寻，购得十粑不求人；
福中日夜植牡丹，猴急归家鸡报春。

2017年1月27日，大年三十

张　三　丰

邵武是张三丰的故里，富屯溪畔有他的雕塑。

乾坤八卦，太极神功。
富屯朵朵的浪花，激情荡漾，
奔流入海，直上苍穹。
长发飘逸，须眉从容。
熙春阵阵的山风，传诗飘香，
涛歌烂漫，海阔天空。

2017年1月31日，正月初四

无惧冬夜寒

美人树花绽，粉红朵儿芳；
海棠蝶花舞，无惧冬夜寒。

富屯名流

独自散步在富屯溪畔。

富屯名流紫云游，相携李纲熙春留；
江心亭边钓鱼郎，可见沧浪严羽游。

2017 年 1 月 31 日，正月初四

中华诗词会有感

中华名诗千载传，今朝学子争几行；
少年当为今春作，留得情丝来日长。
莫缠莫缠，浩瀚广宇星光灿。

元宵夜

福州温泉公园的灯会恍如西洋童话世界，有感。

元宵灯火烧温泉，白雪公主逢月圆；
嫦娥变身美人鱼，古堡蜗牛西洋天。

2017 年 2 月 11 日，元月十五

游　丝

到温泉公园，有感。

月悬夜空同心圆，嫦娥遥望歌舞喧；
西洋美人鱼暗藏，苍榕牵挂丝万千。

2017年2月12日晚上

春　江　水

春江水漫游，海峡传诗悠；
君爱风雨浪，江上万乘舟。

2017年2月20日清晨

张　扬

何花不张扬？牡丹瓣无妨；
生为帝王宠，活为争艳芳。

2017年2月21日凌晨

春　娆

风雨盼朝阳，长夜待天亮；
花笑牡丹红，枝叶芯中藏。

2017年2月21日晚上

等　　待

约戴师在福州国际大厦25楼见，等待之中从高处拍得一组照片，即兴诗之。

楼宇林立夹道忙，金龟童鞋脚底钻；
远眺峰峦连天际，戴师驾机超时光。

2017年4月8日下午

狂　　丹

今天是我拿起画笔点丹泼墨整整5个月，有长进吗？在宣纸上精勾细笔也难以表达心中的千言万语……

日夜点丹五月花，狂生无忌则天霸；
招得飞蝶丛中飞，莫让传诗学画家。

2017年4月11日凌晨

乐在庐山

妻从庐山发来照片。

五福金鸡报温泉，一朵浮云登岩前；
梅知仙人洞中雾，乐在庐山枝高悬。

红　运

福州北二环路红运火锅楼宾客爆满，席中，川中茶艺、川剧变脸、古筝古琴弹唱等，令人陶醉……

茶女长壶飞泉盏，川汉变脸戏金汤；
红运火锅烧杂烩，万般品味香中堂。
醉坛醉坛，浪花传诗飘酒香。

2017 年 4 月 11 日晚上

乡　戏

闽侯县南屿镇福田泰山祖殿，第四届文化节乡戏正在上演中……

泰山太行王屋山，南屿福田闽江畔；
愚公移山天神敬，填海惊得彩鳞慌。

龙女歌舞霓裳乱，掀波兴浪起洪荒；
玉帝昭明开山路，金鸡报春天人欢。

2017 年 4 月 12 日晚上

辉　煌

万影恢宏牡丹芳，蜂蝶甜蜜十分忙；
云峰清泉彩鲤游，天地塔城君子兰。

航空母舰

CCTV晚间新闻报道，中国第二艘航空母舰下海啦，它是中国第一艘自主设计和建造的航母。

巨龙入海中国造，航母第一辽宁号；
亿万钢铁长城建，曾母暗沙漠河哨。
岛礁岛礁，定海神针桥头堡。

2017年4月27日零时

庐山游

妻上庐山游，有感诗之。

庐山瀑布浪花游，仙人洞内云雾稠；
春梅一枝明眸靓，毛竹虚怀泽东流。
身随倩影展步悠，心沉谷底朝天穹；
伊人何来霓裳借？河滨十三追梦岫。

2017年5月3日晚上

山川恋

岩壑飞瀑扬，空谷牡丹绽；
村落凌峰小，蒿草君子兰。

2017年5月10日下午

龙飞翔

今天“一带一路国际合作高峰论坛”在北京隆重召开，会聚了世界130多个国家和地区的首脑……

一带一路丝飘香，国际合作高峰坛；
各国首脑聚北京，主席演讲神采扬。

互利共赢齐心上，和平繁荣再开放；
创新科技文明路，平安中国龙飞翔。

2017年5月14日晚上

旗山恋

旗山无影牡丹芳，禅道秘籍花中藏；
尾雀低吟为何事？义存高尚飘十方。

2017年5月29日凌晨

丹雀

旗山牡丹飞雀啧，紫气东升广茂穑；
九朵天香云峰起，传诗浪花上银河。

2017年6月2日上午

悼 蔡 老

今天上午9点参加民建福建省委原主委蔡载经同志的遗体告别仪式。蔡老享年97岁，德高望重，习总书记等中央领导也委托代送了花圈……

鼓浪屿上载经生，百年沧桑马扬程；
师道水利参政议，蔡老驾鹤九天震。
云腾云腾，中华青史镌名臣。

2017年6月3日上午

诗 丹

聆听广霖师父点评我画的牡丹，感悟颇深。

旗山广霖评诗丹，花好蕾小盛开扬；
若可叶藏彩朵艳，姹紫嫣红一枝长。

2017年6月7日晚上

十三字令·梦

梦，紫色丹心红丝黄，嫣然云天探。

2017年6月7日深夜

华厦落成，乔迁贺喜

邹公玉清起华厦，满堂牡丹富丽华；
顺华贤弟情义重，天南地北福运嘉。

2017 年 6 月 8 日清晨

十 三 字 令

福，旗山牡丹七彩祥，游学七月芳。
中，八闽牡丹黄金绽，海峡云飘香。

朝，凌晨牡丹梦中长，涛歌云天翔。
阳，中华牡丹蓬勃上，福州第一山。

2017 年 6 月 11 日

天 台 山

天台山风光，牡丹八芬芳；
云峰祥云飘，集翠冠东南。

2017 年 6 月 17 日晚上

十三字令·豪情壮志

豪，飞崖奔放牡丹花，大气展芳华。
情，云峰飞跃牡丹婷，大爱天地兴。
壮，气吞山河群峰上，国色牡丹香。
志，擎着云天追太阳，牡丹兰谷芳。

2017 年 6 月 22 日凌晨

2017 年南开大学福建招生咨询会

2017 年福建省高招咨询会在福州海峡国际会展中心召开。

八闽学子报南开，允公允能智者来；
海峡国际风云展，日新月异竞风采。

2017 年 6 月 26 日上午

福　牡　丹

旗山彩霞牡丹芳，芸芸众生遍野香；
寻得蜂蝶甜蜜处，南屿居然院士乡。

2017 年 6 月 28 日下午

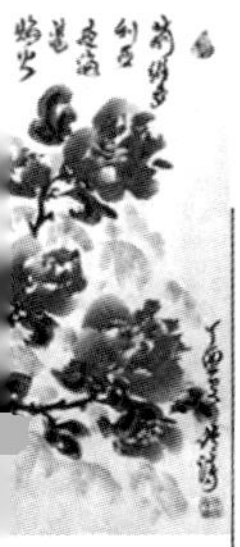

十 三 字 令

凝，点绛牡丹红枝染，青翠叶尖芒。
聚，激情牡丹红火燃，心动吻花香。
芸，旗山牡丹红朵绽，禅道意深长。

2017 年 6 月 28 日晚上

万 佛 晨

旗山万佛晨，清新气象晟；
昨夜风雨过，荡涤寥无尘。

庙宇壮山门，观音水上升；
白鹭湖心飞，祈福闻经声。

2017 年 6 月 29 日黎明

报 恩 来

海峡浪花八里台，飘游天涯春秋载；
马蹄湖畔新开月，梦中常思报恩来。

2017 年 6 月 29 日晨

海峡扬帆

祝贺民建福建省第九次代表大会圆满闭幕，祝贺吴志明同志当选为民建福建主委。

民建立志九次召，八闽清明山水骄；
南开相聚政论强，海峡扬帆丝路潮。

2017年6月29日晨

南开招生忙

南开招生忙，杨师布阵网；
三师分坛设，日夜疲转场。

八闽学子优，诚邀南开上；
闽都众学友，鼎力齐心揽。

游说新月亮，八里台前香；
恩来主楼前，院士有群芳。

允公允能赞，日新月异创；
伯苓联大首，龚克九州撼。

2017年6月29日

十三字令·紫荊花

今天是香港回归20周年庆，谨以此诗贺之，衷心祝福祖国更加强盛。

紫，旭日东升庆香港，二十周年赞。
荆，维多利亚夜海港，焰火欢腾浪。
花，绚丽多彩漫天扬，国色牡丹香。

2017年7月1日凌晨

十 三 字 令

精，峰芸牡丹五福芳，蓬勃生机撼。
气，山涧牡丹六顺畅，风云万里香。
神，月光牡丹七巧娘，日夜伴君长。

2017年7月3日凌晨

飞　　泉

在福州温泉公园喷泉处赏歌舞，有感。

浪花随喷泉飞天，擒住明月，莫愁嫦娥垂帘。
心潮随激情奔放，驾驭长空，无敌后羿飞箭。
神灵随诗魂出窍，牵手太白，可饮月光飞泉。

2017年7月3日晚上

童　子　游

泉花童子游，快乐水中悠；
富屯浪花点，石中寻故友。

同心楼前逑，童贞未知羞；
天生温泉深，知足浪莫愁。

2017 年 7 月 4 日傍晚

晨　　起

凌晨停电了，只好躺在床上，窗外山上蛙声起伏……

早起凌晨暗，摸黑画牡丹；
窗外山上蛙，是否为爱唱？

动嘴不奔忙，落笔未见长；
待到来电时，天色已渐亮。

2017 年 7 月 6 日凌晨

丹　　霞

旗山日夜点丹霞，七月遍地生芳华；
寻觅云峰雾中谷，未见山泉藏浪花。

2017 年 7 月 11 日中午

铁城曦

朝霞楼外天，富屯山水边；
下河巷道窄，海涛寻童年。
东关古墙垣，背妹撞伤眼；
少小老不识，何处结情缘。

2017年7月17日黎明

花墙

昨天边请人修空调．边自己修花墙，汗流如雨……

云楼牡丹爱化妆，传诗拔钉玻璃响；
唤得娇花照倩影，五福春晚笑情郎。

2017年7月18日凌晨

醉得意

醉得意今朝难忘，午晚宴学妹童伴；
奋力攀爬上高楼，叔婶双拥七彩丹。
富屯浪花水中欢，紫云飘游牡丹唱；
老父床头雏花稚，夜半焕然武媚妆。

2017年7月18日晚上

圣 贤 缘

三丰太极回故乡，李纲擎起熙春山；
沧浪古樟思严羽，传诗富屯浪花忙。

去年春晖坐府堂，高铁筹谋铁城旁；
越王台前传诗石，长龙何日巡紫阳？

2017年7月19日清晨

牡 丹 苑

旗山牡丹满苑芳，峰藏彩蝶恋花香；
风云未见山峦影，月老情邀武媚娘。

2017年7月22日晚上

十 三 字 令

集，山涧牡丹绚丽绽，彩云聚旗山。
萃，峰藏牡丹骄阳灿，红霞染东方。

2017年7月25日上午

阅　　兵

7月30日，庆祝中国人民解放军建军90周年，阅兵仪式在内蒙古朱日和训练基地举行。中共中央总书记、国家主席、中央军委主席习近平检阅部队并发表重要讲话。

八一建军阅兵撼，九十周年军威强；
习总书记巨手挥，大漠沙场点兵将。

现代战争立体防，新型武器装备展；
打败一切来犯敌，人民军队忠于党。

2017年7月30日上午

谷　　香

空谷云飘香，一枝牡丹绽；
沉鱼无落雁，兰草崖壁荒。

2017年7月31日清晨

云　　香

翠峰丹红染，一脉楚留香；
海棠温柔过，三山湖滨爽。

2017年7月31日清晨

游君正成赞

台北市游氏宗长游君正成是一位著名企业家，热心中华优秀传统文化的传承，不辞辛劳，数十年奔波于海峡两岸，寻根问祖、对接族谱、捐资建祠建校，尤其为建造台北广平祠呕心沥血，为两岸的文化交流做出了杰出的贡献。2012年我参加第四届海峡论坛赴台北时有幸拜谒正成宗长，受到热情款待，并参观了台北广平祠，至今感恩于怀。今夜惊悉游君正成仙逝，深感痛惜哀伤。

游君正成举世憾，九旬驾鹤云天扬；
广平铭刻君功德，两岸游子痛怀殇。

曾为两岸宗亲忙，传承文化新篇章；
千秋功载中华史，叩首遥拜南台山。

2017年8月1日深夜

丹　　凤

旗山牡丹芸生长，云峰龙眼荔枝藏；
凤凰栖处棋盘凌，一派生机遍地香。

2017年8月2日

正成之光

今晨6点赶到福州旗山万佛寺，为游君正成宗长祈祷。

生命是一束光，可以创造辉煌。
生命是一颗星，可以光明璀璨。
昨夜台北星空，正成驾鹤飞翔。
今晨万佛芸生，鹤临观音岛上。
正成是一尊像，广平祠堂金刚。
正成是一座碑，海峡游氏标榜。
正成是一道光，福州旗山来访。
万佛设坛祭奠，对弈云峰棋磐。

2017年8月2日清晨

立　秋

今天15点39分58秒立秋。

酷暑当空热，榕荫汗丝渍；
立秋热浪舞，黄花劲草斜。
日落黄昏月，秋翁上银河；
春夏牡丹芸，传诗无穷乐。

2017年8月7日上午

凤彩霞冠

旗山牡丹花丛中，凤彩霞冠凰后拥；
谁知山野几多数？生逢盛世上云峰。

2017年8月7日午时

月 下 桥

水上琼楼半月斜，灯火星光波中曳；
伊人未见风影动，倚栏榕丝暗藏叶。

2017年8月7日

秋 泉

秋泉浪花悠，稚童裸露游；
同心楼磐池，九足一探幽。
秋游秋游，泉深一细流。

2017年8月7日傍晚

月 儿 俏

泉尖月儿俏，灯顶月行舟；
树梢月儿弯，水中月影飘。

2017年8月8日晚上

滨海新城

滨海新城——长乐VR小镇，宏伟壮观的福州新城，陆海空立体交通网络，三条地铁，五条高速公路……参加民建福建省直工委2017暑期读书班，参观VR小镇体验馆。陈国平镇长，我为您喝彩。

滨海新城长乐天，VR小镇世纪炫；
陆海空网星罗布，超强汇聚全球先。

万应功能一体现，千秋风云日月鉴；
小镇国平君子立，参政实业有民建。

2017年8月12日上午

人　缘

厦门人缘客佳餐饮服务有限公司在上海股权交易中心成功挂牌。

人缘客佳上市现，真情相约答谢宴；
新老嘉宾福中好，携手征程乐空前。

悟空振奋财富天，嫦娥欢舞锦绣绵；
金龙盘旋华夏玉，满堂宾客福中缘。

2017年8月13日傍晚

探云天

浪花探云天，心潮跌宕悬；
风流何处去，月儿藏哪边？

七夕千古缘，王母银河喧；
月老呼秋翁，今宵驾飞泉。

2017 年 8 月 26 日晚上

十三字令

月，七夕牡丹山野芳，万里云飘香。
光，金秋牡丹红灿烂，遍地温柔香。
叙，快乐牡丹爱结伴，细语吟花香。

2017 年 8 月 27 日

七夕

牛郎世居山里田，织女天上七彩萱；
何故爱上凡夫子？银河迢迢七夕缘。

风云万里上九天，一年一度鹊桥连；
光阴如梭穿心箭，浩宇星光亿万年。

2017 年 8 月 27 日

七夕星魂

七夕瑶池旁，足舞浪花欢；
银河云里月，星光怀中藏。

狮岩观音唤，良宵牡丹芳；
林中弥勒在，魂牵翠旗山。

2017年8月28日，七夕

七夕星语

温泉浪花奔月窥，云锁银河鹊难追；
牵牛肩挑织女梭，撒落瑶池星光累。
玉帝独酌琼楼醉，王母赏舞霓裳挥；
福中牡丹暗生香，七夕何处星语偎。

2017年8月28日，七夕

十三字令

星，七夕相会牡丹媛，万里银河天。
海，心潮飞越鹊桥蹁，千古星光恋。
姻，天生织女牛郎甜，长空一线牵。
缘，织女牛郎亿万年，今宵星语绵。

2017年8月28日，七夕

金　砖

厦门鹭岛暖，金砖峰论坛；
五国首脑聚，相邀环球帮。

白鹭女神像，演武大桥旁；
会展中心芸，双子塔高瞻。

一带一路畅，共商万里航；
习总运筹幄，中华盛世强。

2017 年 8 月 31 日晚上

云　楼　月

星儿伴月娇，云娘上琼楼；
塔尖灯红亮，豪门乐逍遥。

夜夜观红潮，热血染战袍；
将士为谁死？风展彩旗飘。

我欲巡天瞧，浩宇星光渺；
几多浪花泪，斑斓水上漂。

2017 年 8 月 31 日晚上

论　诗

此时正在收看中央电视台一套晚间新闻开学第一课节目。

开学论诗第一课，跨越千年古诗学；
黄河入海泥牛去，庐山飞流上银河。
太白把酒朝天歌，杜甫捋须乌篷瑟；
学童苦诵诗词赋，何不自吟一首得？

2017 年 9 月 1 日深夜

健　康　操

中国特色健康管理创新模式交流会正在福州金山芮皇健身管理中心举行。

健康五禽操创新，彩莲玉女群芳芸；
欢乐开心英豪聚，金山远眺金砖今。

2017 年 9 月 3 日下午

泡　泉

晚生泡泉投，涉足同心楼；
金秋天高深，浪花池中纠。
泉眼一细流，浮生倩影悠；
多少忘情水，化作草木秋。

2017 年 9 月 4 日

望金砖

喷泉云天上，厦门金砖灿；
风云五聚首，习总神采扬。
世纪金源旁，瑶池红波澜；
浪花空中舞，福州夜来香。

2017 年 9 月 4 日晚上

夜舞

与妻在省体育中心舞场跳舞半小时，又来到省游泳馆游泳。

今生浩宇舞，夜游天穹湖；
九五月正圆，梅海浪花渡。
瑶池星光幕，亚当夏娃浮；
未知秋翁醉，牡丹亭中苏。

2017 年 9 月 5 日晚上

跳舞

今生下河渡，富屯浪花浮；
熙春高啸远，奔腾入闽都。
旗山广霖徒，传诗丹青赋；
山野丛中娃，温泉黄花舞。

2017 年 9 月 5 日

追　光

蓝天星光亮，河滨楼林香；
晋安三桥越，驰骋上旗山。
万佛天浩瀚，观音岛祥光；
忘却凡尘垢，云峰植牡丹。

2017 年 9 月 6 日

蝶舞丹花

蝶舞丹花山野红，云峰传诗追梦中；
何处寻得丛林静？凌晨夜半丹诗绘。

2017 年 9 月 6 日晚上

白露丹花满苑红

白露丹花满苑红，风云无际欢鹊拥；
无为难得凌晨醒，广宇浩瀚乐其中。

2017 年 9 月 7 日凌晨

山野遍地丹花香

白露磐石悟道茫，山野遍地丹花香；
瞻仰山顶瀑流激，随缘浪花入闽江。

2017 年 9 月 7 日上午

心花飞礁千层浪

白露鹄雁南飞翔，山川无际牡丹扬；
清流随缘入东海，心花飞礁千层浪。

2017 年 9 月 7 日上午

华　诞

昨天上午，91 周岁（1926 年二月初三生）的老父打电话来，说：你知道七月二十八是什么日子吗？我回：是我的农历生日呀。老父说：我给你 300 元过生日。我太感动了。

浪花传诗牡丹萱，百岁老父贺岁年；
七月廿八母生子，瑶池王母今生宴。
人间人间，天人合一银河远。

2017 年 9 月 18 日，农历七月廿八

思　母

今天画了 19 幅牡丹诗画。

独坐瑶池旁，浪花微波漾；
今宵无喷泉，太白王母茫。
七廿八华诞，诗丹十九张；
画得心花醉，仰天思吾娘。

2017 年 9 月 18 日，农历七月廿八

寻　觅

西游云天外，浩宇无琼台；
光阴何处留？凡尘藏心爱。

2017 年 9 月 21 日

夜　游

昨夜西湖银河边，波光树影琼楼炫；
幽灵跃入光圈转，浪花梦幻上九天。

明月沉鱼潜龙渊，石上丹鹤未入眠；
闻得亭中昭君唱，一枝丹红阁台悬。

2017 年 9 月 23 日清晨

夜舟游

晓闽金山归，涛驰双轮麾；
夜返西湖游，荧光绿岛醉。

湖上浪花追，心随情侣偎；
暗窥水中舟，其中心爱谁？

2017 年 9 月 23 日晚上

童 鸽 欢

金童玉女欢，秋蛙树荫藏。
鸽寻觅广场，稚儿手中粮。

2017 年 9 月 25 日傍晚

免 费 游

终身教育活动日，省体泳馆免费时；
仰望穹顶高台处，飞浪入水溅瑶池。

问我何谓终身志？姹紫嫣红丹花诗；
笑说传诗十三点，偷窥天鹅脱羽衣。

2017 年 9 月 28 日晚上

瑶 池

喷泉激情扬，瑶池星光灿；
浪花朵儿小，溅红夜霓裳。

飞旋曲快三，嫦娥歌舞忙；
玉兔今陶醉，吴刚心清寒。

2017 年 9 月 29 日晚上

涌　泉

旗山奔波返，浪花石中欢；
童叟戏水逗，母爱怀中揽。
足下深万丈，激情涌泉探；
无惧道行远，终将见日光。

2017 年 9 月 30 日傍晚

童　贞

鱼儿石缝游，张网待出溜；
娃儿望水底，云浮林影悠。
泉眼足下囚，浪花飞溅流；
滑入垒池泉，湿透童贞羞。

2017 年 10 月 2 日傍晚

浪　漫

浪花欲上天，孤独石上泉；
加足浑身劲，无奈岩前远。
昨日娃儿喧，今何未曾见？
同心楼灯亮，乌云闭月闲。

2017 年 10 月 3 日傍晚

中 秋 月

家宴罢后，各奔乐趣而行，吾来到福州温泉公园寻月。

云海圆月藏，瑶池歌舞欢；
浪花飞天穹，珠落星光澜。

圆桌珍馐尝，丹花满庭香；
别后一时分，梦追月娇娘。

2017年10月4日，中秋节

森 林 游

上午携妻女来到福州森林公园。下午女儿就要去厦门了，那里有一群学生在等她上课呢。

福中榕树王，山林境湖荡；
彩鲤红浪腾，竞争颗粒粱。

天马游歌扬，一路传诗香；
今朝月更圆，夜梦厦门港。

2017年10月5日上午

问源几多流

喷泉孙子游，石上同心楼；
浪花笑娃儿，戏水泡中秋。
云天泛波悠，鼎足舞天逑；
娃在泉眼坐，问源几多流。

2017 年 10 月 5 日傍晚

云　月　圆

下午送女儿游歌去厦门。晚上来到福州温泉公园喷泉池旁。

十六云月圆，瑶池浪花喧，
欢歌飞驰厦门岛，今宵月可见。
思念寄星语，牵挂云满天，
银河浩瀚飞泉上，晶莹珠花涟。

2017 年 10 月 5 日晚上

立　雪　缘

程门立雪缘，酢公含山萱；
游子读四书，六经知己篇。
今秋月儿圆，浓情云满天；
可探巫洋秘，耕读云峰巅。

2017 年 10 月 6 日下午

足　泉

六足鼎温泉，心眼无底深；
石上股肱三，同心定乾坤。

2017年10月7日上午

泉　心

举足抚泉心，深藏几多情；
稚童水中乐，石破浪花惊。

2017年10月7日傍晚

龙的传人

恐龙石化身，始皇帝陵魂；
春秋几多事，丹心九天寻。

古人探乾坤，编织五彩梦；
而今环宇飞，大气龙传人。

2017年10月8日晚上

天　游　峰

武夷天游峰，酢公水云寮；
酒香红袍醉，灵狐玉女羞。

2017年10月8日晚上

天游凌峰顶

天游凌峰顶，一瞰九曲清；
嶙峋笋尖柱，玉女大王怜。

鬼嶂隔爱心，灵狐朱熹吟；
茶洞水云寮，游子可知情？

2017年10月8日晚上

天　　游

丁酉金秋醉，酉时拾三水；
酢公天游览，水云寮藏谁？

茶洞清流回，云窝几滴泪；
红袍鹰嘴崖，九曲浪花随。

2017年10月9日清晨

无　泉

今夜温泉公园瑶池边无喷泉，雨花落几点，歌舞池寥寥无几人也。

今夜水无泉，飞雨零星点；
琼楼波影晃，鼓乐几声闲。
仰望云中天，掀开珠玑帘；
明月何处去？嫦娥回家园。

2017 年 10 月 9 日晚上

帝　废

双十清帝废，武昌义举魁；
睁眼看世界，中华今朝辉。

2017 年 10 月 10 日清晨

举　足

举足问苍天，可有同心缘？
石上无人坐，浪花自涌泉。
尘世尽喧嚣，林鸟蝉虫倦；
鱼儿潜水游，翻滚浪心煎。

2017 年 10 月 10 日傍晚

暖　光

温泉夜色光，玉宇天穹亮；
环球无处游，林海浪花茫。

2017年10月10日傍晚

诗　词　会

中华诗词缘，诗人上千年；
多少学童诵，故人逸事鲜。

李白病困煎，杜甫破船悬；
千古诗仙圣，松龄聊斋天。

2017年10月10日傍晚

浪　花　绽

浪花瞬间绽，无为身价涨；
几多精华点，落入星海茫。

2017年10月10日晚上

浪 花 愁

追浪花，寻浪花，
花落富屯溪水坝。星火点点眨。
风飕飕，凉飕飕，
凉到山风随波流。浪花可知愁？

2017 年 10 月 11 日晚上

暗　光

灯火水上燃，涟漪一片茫。
山魅黑暗暗，楼群冷风藏。
浪花何处去？难得礁石缠。
揪心血点点，染红山野丹。

2017 年 10 月 12 日凌晨

鱼　鹰

穹洞天水弯，鱼鹰锁大江；
昨夜竹排捕，早市卖鱼郎。
野草岸边长，浪花水中藏；
激情奔流去，无惧天际荒。

2017 年 10 月 12 日清晨

胜友君

昨天吾与胜友兄聊天，胜友兄可是中国文坛大腕，中国文联原书记处书记，1948年生，永定人，在家乡故居建有一座“北山书院”。前些日子胜友兄患病。衷心祝愿胜友兄早日康复！

胜友复旦亮，海涛南开茫；
电大满天星，银河浪花暗。

无须流星光，太白金星藏；
天地若有知，千秋传诗唱。

2017年10月12日清晨

樵川恋

樵川黄昏天，云浓秋水远；
神女江心露，羽翁诗话缘。

风凉浪花卷，霓裳草中闲；
泳女男儿伴，漫游星光泉。

2017年10月12日傍晚

暗　线

暗中一线牵，鱼儿莫上弦；
琼楼夜宴起，斑斓水漫天。

2017年10月12日晚上

泉　飞

喷泉、喷泉，七彩斑斓云霄天，浪花竞飞旋。
乐泉、乐泉，九弦欢歌天籁喧，光环夺目眩。
心泉、心泉，万分激动飞花渲，传诗丹红天。

2017年10月12日晚上

熙春游

秋高气爽，拾阶熙春山。
相携李纲遇马帮，金鸡未鸣怎赞？
松针石阶落荒，苍翠松竹高昂。
难登六嘘高啸，越王台前诗撼。

2017年10月13日午时

垂钓水中月

围竹时节空，洞箫紫云风；
沧浪门前游，千秋严羽逢。

临江倚楼梦，古樟叶葱茏；
垂钓水中月，今宵诗语浓。

2017 年 10 月 13 日午时

月 山 关

夜上月山关，酒醉红牡丹；
嫦娥客家女，游子壮士强。

2017 年 10 月 13 日下午

星 寒

山野同根生，种子不相认；
秋夜星语寒，弯流几处深。

2017 年 10 月 14 日凌晨

秋　凉

夜藏秋凉枝叶寒，凋落残红。
亲情茫茫，同根离心惨淡荒。

曾经山野一枝芳，苞芽渐长。
落叶归根，风尘无处寻故乡。

2017年10月14日凌晨

却　步

浪花无心游，风冷泛波秋；
寻觅少年伴，却步紫云羞。

曾经潜水泅，奋臂破风流；
今生翠竹抱，空腹欲何求？

2017年10月14日傍晚，紫云溪

浪　花

苍穹暗无度，霓虹飞星瀑；
浪花朵儿照，雾锁灵狐舞。

2017年10月14日晚上

飞　渡

银河星飞渡，瞬间可有无；
贤君八斗才，切莫匆忙故。

传说五十五，母孕又一福；
西游万般难，虔诚爱佛祖。

2017 年 10 月 15 日凌晨

银　汉

银汉迢迢路，风云雷电哭；
人间无常事，为何这仓促？

环球弹丸浮，吸活蓝天雾；
太白劝发小，青春好几度。

2017 年 10 月 15 日凌晨

暗　渡

冷风唤明月，何时照山河？
拂晓云雾浓，暗渡九天没。

2017 年 10 月 15 日

细　雨　怜

秋雨傍山行，石上钓江心；
混沌水上游，知者几人亲？
抱竹满腔情，虚怀无处鸣；
浪花奔流去，暗中细雨怜。

2017年10月15日傍晚

暗　　思

思路上何方？乘月扬风帆；
网住满天星，云中穿梭忙。
暗中寻天光，山川黯然茫；
秋水冷月心，未见浪花欢。

2017年10月16日凌晨

暗　　想

凌空云楼瞰，灯火江中燃；
鸬鹚可安歇？渔夫待天亮。
微波暗中藏，冷静思故乡；
山花烂漫时，春来有多长？

2017年10月16日凌晨

暗　光

灯火江上亮，晨雾远山茫；
东方日将出，山河透暗光。

2017 年 10 月 16 日凌晨

国之栋梁

惊悉南开大学何国柱教授仙逝。

生为何？活为何？
志向蓝天原子核，物理终生乐。
学为国，志为国，
誓将学问报中国，南开教授赫。
中砥柱，栋梁柱，
竭尽精华擎天柱，百岁银河渡。

注：何国柱，祖籍浙江余姚，1922 年 11 月 13 日出生于北京。1945 年毕业于辅仁大学物理系，1951 年获美国诺特丹大学物理学博士学位。曾任美国芝加哥大学费米研究所副研究员、佛罗里达州立大学副教授。回国后，历任南开大学教授、物理系主任、天津物理学会副理事长、中国核学会天津分会理事长等职务。2017 年 10 月 9 日在美国加州卡斯特罗谷市逝世，享年 95 岁。

2017 年 10 月 16 日清晨

太极三丰

三丰太极拳，铁臂昭武天；
浮桥张网架，柳下浪花渲。

少小离家远，成名上千年；
今朝故里游，邋遢活半仙。

2017年10月16日午时

暗 香 伴

堰湖银光泛，夜游秋风爽；
紫云水天楼，一路暗香伴。

2017年10月16日晚上

夜夜喷泉欢

夜夜喷泉欢，霓彩浪花扬；
曲曲天庭乐，天马神游光。

2017年10月16日晚上

南　开　诞

南开九八载今生，学子全球贺诞辰；
风雨催生廿万众，母爱恩来济世莘。

2017 年 10 月 17 日清晨

引　力　波

央视报道：10 月 16 日，科学家们宣布，首次检测到一种新型的引力波。

广义相对论，爱因斯坦诚；
引力波光捉，中子星合并。

宇宙爆炸沌，时空膨胀瞬；
慧眼测数据，耳聪目明真。

人类何年生？生命分秒争；
学问日夜里，才高八斗神。

2017 年 10 月 17 日下午

湿　地

富屯绿岛浮，水莲紫花妒；
湿地野草荒，唯君盎然度。

秋风泛波逐，楼高山低处；
心随云天游，曲桥傍山伫。

2017 年 10 月 17 日傍晚

彩　光

心向广宇问李纲，瑶池可有七彩光？
今宵铁城江中焰，水天摇曳星花乱。

2017 年 10 月 17 日晚上

盛　会

今日十九大，强盛兴中华；
学习近平志，追梦幸福花。

中国大文化，科技领先跨；
财富聚民心，北京爱大家。

2017 年 10 月 18 日凌晨

富贵平常心

幸福中天运，时光分秒新；
相携快乐过，富贵平常心。

2017 年 10 月 18 日清晨

福　缘

紫云飘浮水连天，熙春楼上明月远；
丽景华庭千般好，不及福中斗室缘。

2017 年 10 月 18 日午时

同　心　泉

又抚同心泉，浮想昨夜恋；
山川野岭过，紫云染心田。

智童近视眼，读书破万卷；
手提鱼饵罐，炸碎水中天。

2017 年 10 月 19 日傍晚

集美新歌

集美大学音乐学院迎新晚会上，女儿游歌演奏《帕格尼尼主题变奏曲》。

集美迎新歌，帕格尼尼赫；
十指顶尖飞，海天鹭岛乐。
琴歌星空射，咫尺相思河；
福中温泉涌，浪花暗中泽。

2017 年 10 月 19 日晚上

夜风轻拂

河滨桥连福万通，玉宇琼楼水晶宫；
夜风轻拂晋安浪，上善若水美妙中。

2017 年 10 月 21 日上午

傍　泉

双足鼎力泡，同心攀云高；
鸽陪新娘舞，石上妙龄娇。
秋深黄昏早，温泉几人淘？
浪花问银杏，何处寻月老？

2017 年 10 月 22 日傍晚

温 泉 舞

严复，福州市人，中国近代启蒙思想家，北京大学首任校长。今天在福州温泉公园有幸遇见其侄孙女，共舞人生，快乐开心！

严复启蒙天演论，北大校长君首任，
海涛幸与严孙舞，温泉浪花快乐神。

2017 年 10 月 23 日上午

霜 降

见网上章锦华局长发表霜降诗一首，有感而诗之。

今日深秋逢霜降，鬓发未白不见霜；
温泉遍地欢歌舞，睡莲初醒桂花香。
山谷丰收金满仓，锦绣中华诗文章；
和平古镇天成岩，何时再游君导航。

2017 年 10 月 23 日傍晚

鸟 语

鸟语叽喳数月忙，几只学会凤凰唱；
候鸟之歌百鸟诺，至今未闻山林响。

2017 年 10 月 23 日晚上

蝶　红

见雪琴发《今日霜降》图，有感而诗之。

蝶红叶张扬，无视枝上霜；
足下浪花起，娇女伴媚娘。
福中无霜降，深秋泉不寒；
同心云楼上，兴业霓虹亮。

2017 年 10 月 23 日傍晚

黄 昏 恋

黄昏恋温泉，足下浪花渲；
同心楼上亮，水天微波涟。
卧石水中闲，弯月上弦天；
追思春来路，相知少童年。

2017 年 10 月 24 日傍晚

歌　舞

夜幕银屏曲儿俏，激昂奔放最新潮；
忘却寒冬花盛开，星月水中波光滔。

2017 年 10 月 24 日晚上

重　阳

今天是农历九月初九重阳节，祝全天下的老人健康快乐！

九九迎重阳，太白银河光；
人生时光烁，点红乾坤丹。

2017 年 10 月 28 日凌晨

重　阳

人生求得心不老，九九重阳，
今又重阳，百岁人生日夜忙。

一草一木竞芳香，不似春光，
胜似春光，不忘春来爱牡丹。

2017 年 10 月 28 日午后

婚　宴

今天应月珠邀请到周宁咸村喝结婚酒。月珠麻利能干，育有五个子女，我们相识在福州旗山万佛寺。

乘车周宁咸村远，穿山越岭洞外天；
月珠骄子婚娶日，旗山丹香传诗缘。

2017 年 10 月 29 日下午

霍童仙境

乘车经过周宁霍童古镇。

云雾绕山间，楼宇顶上尖；
霍童风光好，古镇水连天。

2017年10月29日傍晚

山道险

乘车赴周宁咸村。

山道崎岖险，塌方崖边悬；
谷底弯流急，颠簸夜幕天。

2017年10月29日傍晚

黑鱼肥

今晚入住周宁咸村银河酒店，深夜到店家吃石锅黑鱼，3斤8两，配碑酒一罐，计110元，味道美极了。

今宿咸村银河上，夜半寻得渔家坊；
石锅蒸出黑鱼肥，酒醉捧腹呼媚娘。

2017年10月29日晚上

咸村新婚

到周宁咸村月珠家喝喜酒。月珠是1965年生人，有4子1女，她家是一座4层大楼。

爷爷年年筑房屯，奶奶岁岁攒钱神；
生得四子一枝花，天南地北有儿孙。

2017年10月30日凌晨

周宁好友

来到咸村的勇贞家，她家是5层楼，生有1子2女。我们也是在万佛寺相识的。这两天到了阿雄、雪英家，阿东家，月珠家，我们在这里有4家朋友啦。

咸村勇贞五楼矗，家居吾福四巷五；
一双软鞋彩线织，蜜茶润心香笋竹。

年前相识旗山途，云峰居士楼中煮；
一壶清茶数盏饮，周宁好友四家熟。

2017年10月30日晚上

鲤 鱼 溪

乘车到周宁鲤鱼溪游玩。

观音阁边鲤鱼娘，婀娜玉姿水天漾；
几多红鲤穿巷过，水道弯流一路欢。
亭台楼榭栈桥上，山野锦绣遍地芳；
浪花朵儿水中跃，总有异香心里藏。

2017 年 10 月 30 日上午

万 圣 节

今夜尽狂欢，万圣爱深藏；
锦绣霍童堡，户外山野暗。
梦中渡彼岸，天水金鸡唱；
世界之窗晓，风云数载长。

2017 年 10 月 31 日凌晨

赶 场

国惠盛鼎尝，戴斯海鲜汤；
一夜两场宴，英杰识豪强。

2017 年 10 月 31 日晚上

霍 童 梦

到周宁霍童古镇游玩。

文昌帝君启运长，一览群贤壁上光；
前世精彩霍童梦，古镇今朝更辉煌。

2017 年 10 月 31 日上午

村 野

跟随雪英去她丈夫阿雄的老家周坑。

周坑山高村野美，猕猴桃柚瓜果肥；
阿雄老宅雪英领，抱得金瓜芭蕉回。

新居咸村河滨魅，巷内喜事亲邻堆；
甜糕香笋竹节高，情真意切吾心醉。

2017 年 10 月 31 日下午

咸村婚庆

咸村新娘花轿上，唢呐锣鼓震天响；
楼高巷深亲邻聚，新婚晏尔漫天香。

2017 年 10 月 31 日午时

宁　静

咸村星光渺，漆黑宁静悄；
一夜狂欢后，青春入梦苞。

未闻鸡啼晓，心思福中娇；
月儿伴新娘，浪花几回潮。

2017年11月1日清晨5点

富贵猫

猫寻百宝箱，觅食瓢中探；
几多宠物犬，富贵丽人伴。

2017年11月1日傍晚

诗　缘

古诗千般好，诗人已千年；
谁知身后事，李杜乐当前。
诗圣坎坷路，科举未着边；
诗仙病榻穷，牢狱三载天。
中华诗画缘，传诗牡丹萱；
日夜时刻记，浪花千万点。

2017年11月2日清晨

灵　芝　仙

在福州温泉公园认识何修金先生。他是福清人，80岁了，省农科院老专家，专研灵芝培植的。

何君灵芝仙，修得一汪泉；
金辉福清耀，幸会浪花缘。

2017年11月2日傍晚

牡　丹　雍

受师兄委托，为陈莉军女士作牡丹诗画一幅。

东方闻鸡拂晓红，茉莉洁白福中榕；
财富金融中军帐，四季花开牡丹雍。

2017年11月3日凌晨

温情浪花

欢雀睡莲红鲤游，稚童祖奶泉边悠；
温馨恋人婚纱影，浪花独舞飞石流。

2017年11月3日傍晚

冬　临

深秋夜风凉，瑶池泉眼暗；
微波无浪花，何故鼓乐响？
琼宇楼顶光，嫦娥云中藏；
水中霓虹影，冬月后天亮。

2017 年 11 月 5 日晚上

立　冬

立冬晨雨流，梅红笑枝头；
天穹峰顶跨，无惧冷风纠。

2017 年 11 月 7 日，立冬

学习十九大精神

在福州湖东路 276 号同心楼二楼会议室，参加民建省直工委传达学习贯彻中共十九大精神大会。

庆祝中共十九大，习总领导兴中华；
民建同心学精神，一带一路共发达。
治国强军正国法，扶贫攻坚不落下；
八闽参政智明新，省直工委群英嘉。

2017 年 11 月 8 日下午

早　　餐

鸟儿早起觅食忙，何故未设储粮仓？
天上玉露琼楼远，不及河滨浪花欢。

2017年11月9日清晨

鳌峰欢庆

上午，民建省直工委在福州鳌峰书城举办“庆十九大　今又重阳”2017年老年节活动，诗书画展，歌舞相声，气氛火热……

十九大庆鳌峰祥，民建省直又重阳；
年老心红牡丹骄，书画相声赞歌唱。
志明领军爱心赞，宁新薇玲花锦团；
乐得满场开心笑，火热青春永恒光。

2017年11月9日午后

问　　天

漫步瑶池问苍天，银河渺茫月未见；
水中倒影金源泛，百年何处寻情缘？
琼楼今宵醉八仙，歌舞快步穿凡间；
心恋云峰丹顶鹤，海上浪花总难闲。

2017年11月10日晚上

雨 花 情

冒雨游温泉公园有感。

雨花飘湖天，水上飞白鹇；
亚当夏娃冷，林中落花怜。
梅笑含刺尖，叶枯金黄垫；
石中涌泉出，天水一线牵。

2017 年 11 月 18 日上午

博 艺 园

观温泉公园博艺园有感。

温泉博艺聚精神，天地有知爱乾坤；
万般灵气出雕工，达摩无语禅道深。

2017 年 11 月 18 日下午

冬 夜 凉

冬夜细雨北风凉，温泉公园度时光，
广场劲舞尽欢乐，无惧远山冰雪寒。
福榕翠绿根飘荡，温泉有爱热心肠；
水映琼楼微波起，步入瑶池邀霓裳。

2017 年 11 月 18 日晚上

美 人 树

灯罩紫色花，绛红一堆芸。
曾经银白朵，玉树满天华。

孤傲浑身刺，浑球枝上挂。
未知三色树，同在今宵发。

2017 年 11 月 18 日晚上

舞 晨 风

八点未知晨舞风，云浓难与阳光逢；
林中叶落恋春累，无奈空悬苍榕梦。

2017 年 11 月 19 日上午

鸟 啼

鸟窠可有空？储食度冷冬；
昏雨饥鸟啼，长夜虫难逢。

2017 年 11 月 19 日傍晚

莫让时光空白流

在温泉公园活动，见网上黄金女有言：游总懂得养生。有感。

人在美时青春少，莫让时光空白流；
黄金总在盘中盛，何不日夜温泉悠？

2017 年 11 月 19 日傍晚

画　外　藏

书画名家势如潮，中华盛世漫天骄；
传诗总在画外藏，牡丹三字经中抄。

2017 年 11 月 19 日傍晚

画　外　恋

画中风采艳，闽都遍温泉；
几多风流士，盛宴醉庭前。

富贵牡丹鲜，霓虹天楼炫；
乐居斗室亮，传诗画外恋。

2017 年 11 月 19 日深夜

鸟　宴

在温泉公园，看见白鸽与麻雀在啄食。

白鸽麻雀草坪宴，无视高楼富豪圈；
同为生存觅食忙，快乐常在天地间。

2017 年 11 月 20 日下午

严复故居

三坊七巷严复居，百年天演论时局；
呼唤国人当自强，郎官巷内清风叙。

纵论天下警世语，教育大家盛名誉；
北大校长君首任，严复后裔名师聚。

2017 年 11 月 20 日深夜

赏　菊

福中冬不寒，西湖菊竞芳；
微波荡云舟，欣然闻请香。

2017 年 11 月 21 日上午

雨　夜　游

此时又来到温泉公园，夜雨驱散了大多数游人……

夜上温泉雨缠绵，遍地雨花水天连；
迷幻灯影婆娑树，游人尽散藏鸟闲。

2017年11月21日晚上

小　　雪

今日小雪，见气象报道，黑龙江某地气温已达零下30多度，而福州则是姹紫嫣红的天地，感慨中国之大。

小雪凌晨暗，冰冻黑龙江；
福州百花开，天南地北茫。

长白山雪寒，武夷山水暖；
闽江入海处，河滨丹花香。

2017年11月22日凌晨

呼来百鸟大会聚

候鸟之王合成赞，深圳夏冬海边欢；
呼来百鸟大会聚，福中有幸送牡丹。

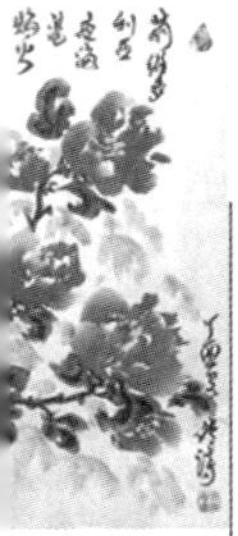

感　　恩

今日是感恩节，又是女儿歌的生日。感恩上苍大爱，亦祝女儿生日快乐。

感恩节欢庆，上苍大爱心；
歌在金山诞，凤泽润河滨。

传诗感恩情，天下盛太平；
可见孺子牛，俯首恤民亲。

2017年11月23日清晨

福丹深情

2017年12月2日将启程到深圳参加全国候鸟大会，《廿四节气丹》24幅诗画集装裱好带去。南开深圳校友会精英荟萃，令我敬佩，今特为他们作一幅牡丹诗画，以表敬意。

南开深圳精英聚，候鸟大会福来叙；
廿四节气丹诗画，福丹深情寄广宇。

2017年11月30日下午

穿山越岭

乘动车前往深圳参加全国候鸟大会。

全国候鸟深圳会，福州丹鹤衔画飞；
廿四节气动车暖，穿山越岭传诗魅。

候鸟逢冬南下归，一路风雪云天累；
相邀共享一明窗，数样小菜杯酒煨。

2017年12月2日下午

候天亮

坐动车到达深圳，鸟会义工夏冬海先生在出站口接，入住“海上田园”明月楼时，已是晚上8点半了，全国候鸟大会领导王合成院长还未见面呢，举办全国候鸟大会，他真的太忙了。我特为大会创作《廿四节气丹》牡丹诗画24幅。

深圳鸟会一路长，夏冬海边候鸟忙；
田园明月楼中美，鸟窠精致忍饥肠。

醒来推窗天际暗，数盏灯火照田庄；
合成鸟王呼丹鹤，廿四节气盛牡丹。

2017年12月3日4点半

玉　女　寒

推窗看见林中仰卧着一尊洁白的玉女雕像，冬天了，夜风寒啊。

拂晓林中亮，窥见玉女躺；
榕下草丛湿，一夜受风寒。

屋内灯光暖，美的梦上床；
长空无星月，真悔不知芳。

2017年12月3日6点半

鸟　　痕

来到全国候鸟大会活动会场，签名留念。

挥毫羽花情，鸟人留芳名；
牡丹传诗飞，全国百鸟芸。

2017年12月3日8点半

鸟　　会

全国候鸟盛会开，天南地北名贵来；
养生避寒深圳好，鸟王田园云天彩。

2017年12月3日10点半

鸟　友

鸟友夜宴欢，翁鹤竟先唱；
候鸟小镇兴，千万田园藏。

廿四丹诗展，候鸟顾问当；
深圳风潮涌，中华爱鸟王。

2017 年 12 月 3 日 21 点

鸟　梦

田园木居共兴华，夜半早醒候鸟家；
今宵香蜜湖畔宴，南开深圳校友嘉。

摸黑寻路榕荫下，未遇玉女仰天榻；
隔床但闻鼾声起，再回梦中飞天涯。

2017 年 12 月 4 日凌晨 3 点半

鸟　瞰

望海楼上鸟欲翔，海上桥横云天瞰；
一路红林白鹭闲，叩门大喝凤窠还。

2017 年 12 月 4 日午时

南开校友情

香蜜湖边国宴堂，华灯璀璨相聚欢；
南开深圳校友情，涛歌传诗献牡丹。

2017年12月4日晚上

夜宿桃源

香蜜夜宴南开醉，桃源村落鸟王陪；
深南鸟道鲲鹏展，明日丹红海天辉。

2017年12月4日深夜

入住桃源村

香蜜湖宴南开聚，鸟王相携桃源居；
零点入梦寻陶兄，渊明田园五柳絮。

饮酒香蜜花语句，传诗潜赋丹心叙，
海上涛歌浪花潮，深圳九江归来兮。

2017年12月5日2点50分

游世界之窗

世界之窗候鸟归，城市客栈心梦追；
万圣节夜精灵藏，拂晓未见金雀飞。

深圳鸟王衔青萃，昨夜桃源鸟窠魅；
寻得渊明诗千古，明月相思丹鹤泪。

2017 年 12 月 5 日 7 点半

赞 王 菲

上午，深圳文化传媒人、作家、书法家王菲贤弟前来桃源村鸟窠谈合作意向。

深圳百灵鸟王菲，相识候鸟全国会；
投缘共商六一五，海峡文经论坛魁。

曾为凤凰名嘴飞，传承文化名篇魅；
书法遒劲大气凌，得意人生指日辉。

2017 年 12 月 5 日下午

候鸟之歌

我们是候鸟，候鸟、候鸟，
我们是候鸟，候鸟、候鸟，
春来冬去，追随着暖流。
东西南北中，到处有我们的情种。
候鸟的家呀，山清水秀，大气清新。
爱鸟的人啊，大爱在幸福中。
我们是候鸟，候鸟、候鸟，
我们是候鸟，候鸟、候鸟，
春来冬去，追随着暖流。
东西南北中，到处有我们的情种。
候鸟的家呀，五谷丰登，草鲜鱼美。
爱鸟的人啊，沉醉在快乐中。
我们在大气中飞翔，寻觅着爱情的鸟乡。
飞呀飞呀，我们是候鸟，我们是候鸟。
蓝天白云任逍遥，候鸟小镇处处留。
我们骄傲，我们自豪。
我们是候鸟，我们是候鸟。
中华遍地百花芳香，首都北京世纪鸟窠。
飞呀飞呀，我们是候鸟，我们是候鸟。
我们骄傲，我们自豪。
我们是候鸟，我们是候鸟。
候鸟，候鸟，候鸟……

2017年12月5日晚上10点半，动车上

南开的意义

为2017年12月24日召开的南开大学福建校友会年会作诗一首。

民心所向君子爱，大家风范荟南开。
民办严修伯苓载，大爱报国数南开。

首任校长张伯苓，联大精英竞风采。
百年南开九校长，全球学子遍英才。

南开意义中华史，大爱学子感恩来。
南开意义青史载，科教兴国民心爱。

南开意义日月新，允公允能功德在。
南开意义青史载，科教兴国民心爱。

2017年12月6日凌晨

深圳南开校友欢

北雁南飞风雨茫，深圳凤姐龙兄长；
欣得梧桐一叶枝，来年四季盛芳香。

2017年12月6日清晨

赠学弟邱四海

邱生圣贤裔，四方郎官济；
海峡福中缘，南开北大谛。

2017 年 12 月 6 日深夜

月 真 圆

福中十九月真圆，银河星光瑶池煊；
一夜数曲舞清风，相思荡漾水中天。

2017 年 12 月 6 日晚上

大 雪

大雪未见霜，福州天气暖；
跃然点神韵，满屋皆牡丹。

2017 年 12 月 7 日清晨

校 友 叙

三坊七巷郎官熙，欢迎深圳校友叙；
南开北大双藉生，研究院中讲坛立。

2017 年 12 月 7 日上午

长夜星光茫

温泉黄金藏，瑶池芳溢香；
长乐泰禾梦，浪花激情扬。
长夜星光茫，月儿飘何方；
嫦娥忘情舞，吴刚倒影凉。

2017年12月7日晚上

太　白　诗

太白诗仙逸，飞流三千尺；
苍穹一壶酒，醉眼看人低。
酸甜苦辣辛，白诗点烁金；
盐在句中咸，茶在诗中品。

2017年12月8日清晨

福在心中藏

凌晨种牡丹，花在斗室香；
夜上银河舞，快乐时分忙。
君在天边茫，球儿自然转；
风光温泉好，福在心中藏。

2017年12月8日晚上

毛　泽　东

千古诗霸毛泽东，书法气魄吞苍穹；
中华学子天下爱，丰功伟绩民心中。

2017 年 12 月 10 日下午

青　春　情

收到南开大学深圳校友会杨青春副会长的邀请，很感动。

青春一声唤，浪花万分欢；
南开深圳情，福州遥相望。
数日候鸟坛，光阴瞬间返；
湖畔夜宴聚，心醉酒溢香。

2017 年 12 月 10 日晚上

六一五长乐

为六一五论坛而忙碌。

长乐VR小镇上，数字中国丰碑崭；
东湖浪花连海天，六一五日龙呈祥。
一带一路丝万般，文化经济大论坛；
会聚全球精英智，福中长乐年年灿。

2017 年 12 月 10 日晚上

百　家　姓

中华五十六民族，汉族姓氏源少数；
百姓自古赐改氏，鲜卑拓拔古匈奴。
追源夏商周王路，纷至沓来几多处；
华夏遍地子民生，血脉兼溶百家姓。

2017年12月11日下午

华夏民族血统稠

中文汉字通九州，华夏民族血统稠；
千古百姓你我他，至今文字数种留。

2017年12月11日傍晚

中　国　话

南腔北调中文通，北方大部语音同；
江南十里不通音，方言哩语千百种。

2017年12月11日傍晚

鸟　归

傍晚宿鸟归，温泉夜光魅；
林中迷彩叶，鸟窠湖滨偎。
三角冬梅辉，传诗丹红堆；
昼夜潜心画，饥鸟追梦回。

2017 年 12 月 12 日傍晚

振　翅

候鸟可知云天梦？一路长飞追逐中；
但见山川湖泊好，留下一宿落草蓬。
一生追求活轻松，无牵无挂笑百虫；
寻得一日鸟食粮，明朝振翅飞长空。

2017 年 12 月 13 日凌晨

鸟　啼

晨鸟三更啼，但闻报晓鸡；
鸡藏屋边窝，鸟在林中栖。
风雨饿鸟饥，鸡啄撒落米；
同为羽翼生，天高鸡难及。

2017 年 12 月 13 日午时

国家公祭

今天上午，习近平主席出席南京大屠杀死难者国家公祭仪式。

八十年前天嚎泣，南京城下血遍地；
日寇屠杀三十万，辱我中华残暴极。

同仇敌忾血肉驱，日本投降可悔罪？
勿忘国耻当强盛，习总今日主公祭。

2017年12月13日午后

拂晓

拂晓寂静天，枝上叶几片；
花在暗中笑，虫鸟何处眠。

2017年12月14日拂晓

耄耋恋

花正开时自然美，草出嫩芽细又尖；
叶在秋黄根基厚，人到耄耋恋少年。

2017年12月14日清晨

追　思

当代大诗人余光中（1928—2017）今日仙逝，享年89周岁。一首《乡愁》，让海峡两岸的同胞永远铭记在心……

乡愁在心中，追思往事的波涛。
舟子的悲歌，插上蓝色的羽毛。

钟乳石铭记，万圣节莲的联想。
五陵少年时，天国的夜市梦幻。

敲打案头鸟，在冷战的年代里。
白玉苦瓜脆，天狼星座载高人。

余光中诗选，与永恒拔河较劲。
左手的缪斯，逍遥游上广袤天。

望乡的牧神，焚鹤人听那冷雨。
青青边稔草，桥跨黄金城上塔。

掌上雨点落，分水岭上梵谷传。
余光中犹在，乡愁没有莫遗憾。

2017年12月14日深夜

北大人家

福州郎官巷，北大人家藏；
天下名牌聚，南开诗画展。

2017年12月15日下午

羽毛球赛

联大福球赛，羽毛飞天来；
八一群雄聚，点将八里台。

2017年12月16日清晨

羽赛裁判

上午，我作为南开大学福建校友会代表队成员，担任本届裁判员，参加福建省外大学校友会联合会组织的羽毛球大赛，地址在八一体育馆。

联大羽赛斗志昂，场面热烈更壮观；
三十六支校友队，各校劲旅战犹酣。

八一球场在山岗，四面标语大宣传；
联谊联合共建赢，排名先后皆战将。

2017年12月16日

羽 球 赛

联大羽球赛，南开搏击台；
开局一步跃，夺胜我再来。

2017 年 12 月 17 日清晨

决　　赛

联大首届羽球赛，三十六所名校来，
风雨鏖战四强出，武汉大学季军在。

同济重庆冠亚夺，腾空猛扣大喝彩；
羽毛球飞越网过，同济大学冠杯载。

2017 年 12 月 17 日下午

银 杏 美

银杏美娇娘，金黄叶垫床；
温泉深情涌，飞舟浪花缠。

2017 年 12 月 18 日下午

约　会

同济大学校友林维楂联系我要聊聊，我约他到福州温泉公园见面。

相约温泉门外见，灯下银杏丹花炫；
同济昨晚捧冠杯，羽毛球赛名校前。
九零后生维楂甜，羽毛球队领军衔；
涛哥一轮大林父，瑶池歌舞醉心牵。

2017年12月18日深夜

爱　车

台铃焕新车，风光晋安河；
温泉冬季暖，激情浪花乐。

2017年12月19日傍晚

追太阳

清晨追太阳，披星载月亮；
午后爱阳光，热火朝天上。
天高云海茫，乘风破浪欢；
温泉三趟奔，传诗牡丹香。

2017年12月21日下午

冬　至

冬至拂晓暗，牡丹今夜长；
八芳帝王裔，子游武夷赞。
问君何所赏，冬至糍丸香；
云天揽明月，东海雾正茫。

2017 年 12 月 22 日清晨

冬　至　丸

冬至丸滚烫，热锅羊肉汤；
今日三餐补，胜过小大寒。

2017 年 12 月 22 日下午

冬　不　凉

林中芳草苏醒唱，落叶金黄榕须荡；
福中温泉痴情舞，冬至小寒未觉凉。

2017 年 12 月 24 日下午

静　思

洗银营巷十三扇，圆瑛大师悟道长；
菩提本性丹心爱，传诗潜入静思禅。

2017 年 12 月 29 日晚上

夜游温泉公园

月儿正扬帆，碧海星空茫；
玉女瑶池舞，浪漫浅水湾。
夜游温泉芳，灵狐出水潭；
孙已蹒跚步，花姿醉潘安。

2017 年 12 月 25 日晚上

毛 泽 东 诞

旭日东升韶山冲，今朝诞生毛泽东；
百年已过廿四载，中华强盛君虬龙。
井冈瑞金苏区红，万里长征延安颂；
战胜倭寇翻蒋天，人民万岁震苍穹。
天安门上展笑容，伟人大爱民心中；
诗霸千古迄今神，寰宇无处不相逢。

2017 年 12 月 26 日凌晨

不 夜 天

今宵狂欢追新年，温泉歌舞不夜天；
树影婆娑喷泉飞，洒向广寒银河渲。
秋翁鸡犬仙境远，福州温泉传诗缘；
日夜三巡开心处，二时一刻换新颜。

2017 年 12 月 31 日晚上